PATRICK POIVRE D'ARVOR
ÉRIC ZEMMOUR

Les Rats de garde

STOCK

Paru dans Le Livre de Poche :

De Patrick Poivre d'Arvor

DEUX AMANTS

ELLE N'ÉTAIT PAS D'ICI

LES ENFANTS DE L'AUBE

LES FEMMES DE MA VIE

LETTRES À L'ABSENTE

LES LOUPS ET LA BERGERIE

LA TRAVERSÉE DU MIROIR

UN HÉROS DE PASSAGE

UNE TRAHISON AMOUREUSE

VICTOR OU L'AMÉRIQUE

D'Olivier et Patrick Poivre d'Arvor

LA FIN DU MONDE

LES RATS DE GARDE

Patrick Poivre d'Arvor est né à Reims le 20 septembre 1947. Il est licencié en droit, diplômé des Langues orientales et du Centre de formation des journalistes. D'origine bretonne, c'est dans son enfance et dans son adolescence qu'il a puisé pour les débuts de son œuvre littéraire : *Les Enfants de l'aube* (1982) et *Deux amants* (1984). Il a ensuite exploré ses racines avec son frère Olivier (*Le Roman de Virginie*, 1985, Prix des Écrivains bretons), avant de s'intéresser aux reflets de l'approche de la quarantaine dans sa glace : *La Traversée du miroir*. En 1988, ce sera *Les Femmes de ma vie* et, en 1993, ses bouleversantes *Lettres à l'absente*, puis *Elle n'était pas d'ici* consacrés à sa fille disparue. Notons encore *Un héros de passage* (1996) et *Petit Homme* (1999). Il a également signé un ouvrage sur Mai 68 en France et dans le monde entier *(Mai 68-Mai 78)*, un témoignage personnel avec *Lettre ouverte aux violeurs de vie privée* (1997), un album sur *Les Derniers Trains de rêve*, tiré des deux tours du monde en train qu'il a effectués pour *Paris Match*. Sa deuxième passion est en effet le journalisme. Après sa victoire dans le concours « Envoyé spécial » sur France Inter en 1971, il a travaillé trois ans à la radio avant d'entrer à Antenne 2. Il y fut chef du service politique puis, pendant sept ans, présentateur et responsable du journal de 20 heures. Éditorialiste pendant huit ans toutes les semaines au *Journal du Dimanche*, il fit également un passage sur Canal + (« Tous en scène ») avant d'animer, pendant deux ans, l'émission « À la folie », sur TF1. Depuis 1987, il présente le Journal télévisé à 20 heures sur TF1. Il anime également deux émissions littéraires : *Vol de nuit* sur TF1 et *Place aux livres* sur LCI.

Éric Zemmour est né à Montreuil le 31 août 1958. Il est diplômé de l'Institut d'études politiques de Paris. Il a été journaliste politique au *Quotidien de Paris*, puis chroniqueur politique à *Info Matin*. Il entre au *Figaro* en juillet 1996, où il est toujours grand reporter politique.
Son premier essai, *Balladur immobile à grands pas*, est publié à la veille de l'élection présidentielle de 1995. En 1997, il publie *Le Coup d'État des juges*, une critique acerbe du pouvoir médiatique et judiciaire qui s'installe dans notre pays. En 1998, *Le Livre noir de la droite* explore trente ans de l'histoire de la droite

en France depuis le traumatisme de Mai 68. Ces trois ouvrages sont publiés chez Grasset. L'année suivante, il signe son premier roman, *Le Dandy rouge* (Plon), un récit romanesque de la vie de Ferdinand Lassalle, leader socialiste dans l'Allemagne des années 1860, ami et rival de Karl Marx, qui aimait la révolution, Wagner et les femmes.

«Vous avez agi en enfant, soyez homme, soyez chasseur, mettez-vous à l'affût, embusquez-vous dans le monde parisien, attendez une proie et un hasard; ne ménagez ni votre personne ni ce que l'on appelle la dignité, car nous obéissons tous à quelque chose, à un vice, à une nécessité, mais observez la loi suprême: le secret!»

L'abbé Herrera
à Lucien de Rubempré,
Illusions perdues,
Honoré de BALZAC.

PROLOGUE-FICTION

2001
En avant pour un siècle propre

La peste est toujours transmise par les rats.

En ces premiers jours du tout nouveau millénaire, on venait de débusquer une espèce galopante : « les rats de garde ». Ainsi surnommés par lointaine référence aux « chiens de garde », journalistes de la pensée unique naguère fustigés par des intellectuels. Leurs homologues rongeurs voyaient plus loin : contrôler, dénoncer, épurer les mœurs de la classe politique. Afin qu'en toute « transparence » le citoyen pût juger sur pièces de l'intégrité physique et morale de ceux qui sollicitaient ses suffrages. C'était « l'opération cul propre ».

Ils commencèrent d'abord par pousser les intéressés à l'aveu ; on les sollicitait, les menaçait de le faire à leur place ; on mettait systématiquement à exécution. Mais cette moderne méthode américaine dite de l'« outing » se révéla à l'usage longue et délicate. Des Français ingénieux améliorèrent son rendement par la bonne vieille technique dite de la « lettre anonyme » ou du « corbeau ».

Des esprits grincheux et rétrogrades s'en émurent. On les fit taire avec promptitude par des courriers adressés à leurs proches et des récits accrocheurs dans la presse. Les journalistes étaient l'objet de toute l'attention de ce collectif sans visage ni porte-parole. Ils étaient désormais sommés de tout révéler des frasques sentimentales et sexuelles de nos hommes politiques. Comme ils les sentaient hésitants, les rats de garde décidèrent de faire un exemple en décrétant l'autodafé d'un livre à succès de l'extrême fin du siècle précédent. Leurs auteurs, un éditeur et une journaliste du *Point*, avaient pourtant eux-mêmes conté par le menu les mœurs érotico-sentimentales de notre classe politique ; et dénoncé à la vindicte publique ces infâmes journalistes de connivence, grands étouffeurs devant l'Éternel et la Sainte Transparence. On les accusa d'avoir dissimulé des informations, occulté des révélations, entretenu des relations obliques avec ceux qu'ils ne citaient pas. On les soupçonna même d'avoir déterré de vieilles histoires des années 1970 et 1980 pour détourner l'attention d'affaires plus récentes. On les désigna publiquement comme « grands étouffeurs en chef », d'autant plus pervers qu'ils faisaient mine de révéler des secrets soigneusement gardés. On les somma d'avouer qu'ils couchaient ensemble. Comme ils niaient avec la plus farouche énergie, leurs familles et leurs proches furent abreuvés de photos truquées, de rapports de filature, d'enregistrements téléphoniques. L'éditeur céda. Il déballa les secrets d'alcôve de sa maison, qu'il classa, dans un louable souci digne des grands botanistes des siècles passés, en « affaires homo, bi ou hétérosexuelles ». Son patron, mis en cause personnellement, le renvoya. Au chômage pendant de longs mois, il rejoignit l'équipe d'un nouveau journal, que venaient de créer les rats de garde : *Le Vengeur musqué*. Cet hebdomadaire paraissait le mercredi, pour mieux damer le pion au *Canard enchaîné* qui, en dépit d'un débat interne houleux, s'obstinait à refouler les potins sentimentaux ou sexuels. Dans *Le Vengeur musqué*, au contraire, le lecteur-voyeur se régalait. Semaine après semaine, ce n'était qu'échos non signés, coucheries exhibées, idylles révélées ; et on se souciait comme d'une guigne des démentis et des menaces de procès qui s'amoncelaient. Très vite, *Le Vengeur musqué* atteignit les 200 000 exemplaires. Son rédacteur en chef, Bernard Morrot, se frottait les mains. L'homme à la triste moustache tenait une revanche éclatante. Dix ans plus tôt, il avait proposé au groupe Hersant d'appliquer ces mêmes recettes pour sauver un *France-Soir* moribond. Le grand quotidien anglais, *The Sun*, et ses millions de lecteurs, hantait ses nuits. À son exemple, Morrot avait donc ouvert le feu par de ravissantes jeunes femmes couchées nues en page 3. Mais ses ambitions étaient plus hautes. Il voulait briser les tabous, détruire ce journalisme émollient, tout révéler des frasques érotiques des puissants qui nous gouvernent. Terroriser les ministres, pris la main aux fesses de leur secrétaire. Faire tomber les gouvernements. Être craint et puissant. Redoper les ventes languissantes des quotidiens en France. Vendre plus de journaux qu'au Yémen. On ne sait pourquoi, il répétait souvent, le regard extatique : « Il faut vendre plus qu'au Yémen ! » Mais le groupe du *Figaro*, qui possédait alors le titre de *France-Soir*, le retint par le col. Une fois encore, se dit-il, le journal conservateur se couchait. Quand il voyait le chemin parcouru depuis lors à la tête du *Vengeur musqué,* il se dit qu'il avait été un précurseur incompris. Un verre de whisky à la main, il songeait souvent à Van Gogh comme à un frère.

La machine s'emballait. À son tour, la journaliste du *Point* craqua. Les rats de garde avaient copié ses disquettes informatiques, écouté sa ligne téléphonique. On découvrit qu'elle non plus n'avait pas tout dit. Elle écrivit une longue autocritique que le directeur de son journal, Claude Imbert, refusa de publier. Trop de noms, trop de bave, trop de boue. Une partie de la rédaction cria à la censure ; d'autres approuvèrent plus discrètement. La journaliste invoqua la clause de conscience, quitta *Le Point,* empocha ses indemnités ; et rejoignit *Le Vengeur musqué*.

La chasse aux politiques pouvait commencer. Alors que les municipales de 2001 approchaient, les rats de garde exigèrent que chaque tête de liste fît une déclaration publique de ses mariages, de ses épouses, de ses maîtresses, et de ses aventures extraconjugales. Le citoyen devait être informé en toute transparence. Le divorce était permis, puisqu'on avait le droit de changer d'avis et de vie, à tout moment, mais dans la clarté, la franchise, et le respect mutuel. L'adultère avoué était à moitié pardonné ; mais la liaison dissimulée impitoyablement pourchassée. La transparence devait vaincre toute réticence, tout tabou, toute hypocrisie judéo-chrétienne. *Le Vengeur musqué* se chargerait de rafraîchir la mémoire aux oublieux ou aux cachottiers. Les rats de garde décrétèrent un nouvel évangile, bien plus contraignant que les précédents : « On baise, on épouse. Et si on n'épouse pas, au moins, on reconnaît les faits. » La classe politique était partagée entre l'effroi et la fureur. Le premier, François Léotard osa réagir. Il avait depuis longtemps renoncé à la mairie de Fréjus. Dans un libelle assassin intitulé *Lettre à Marc Antoine*, il s'en prit aux nouvelles ligues de vertu et Savonarole de pacotille. Mal lui en prit. *Le Vengeur musqué* consacra un numéro spécial aux maîtresses de l'ancien ministre de la Défense. On en interviewa, on en inventa. Peu importe. Le numéro se vendit à cinq cent mille exemplaires. Dans son éditorial, Bernard Morrot s'interrogeait : « François Léotard nous dit qu'il a divorcé puis s'est remarié. Très bien. Mais est-on certain qu'il n'était pas l'amant de sa seconde femme, alors qu'il était encore uni à la première ? Et qui nous dit qu'il a été fidèle à la seconde ? Nous voulons bien supporter des divorcés dans nos mairies à condition que leur conduite soit exemplaire. Notre dossier de cette semaine est implacable. »

Alain Juppé vint à la rescousse de Léotard. Il reçut le même traitement. On lui reprocha d'avoir écrit que Montesquieu était un sacré « coureur », sans battre sa propre coulpe. On reconstitua jour après jour sa liaison avec sa seconde femme, Isabelle. On interrogea l'ex-mari de la dame, on publia des photos des premières rencontres des amants. On reprocha vertement à Isabelle de ne pas avoir raconté tout cela dans ses livres. Une fois encore, Bernard Morrot prit sa plus belle plume : « On comprend mieux désormais pourquoi le maire de Bordeaux fut un si piètre Premier ministre. Hanté par des histoires personnelles, il ne pouvait diriger le pays en toute sérénité. À ceux qui s'interrogent encore sur le sens de notre démarche, le cas Juppé est une réponse éloquente : la vie privée éclaire la vie publique. Si on ne connaît pas la première dans ses moindres recoins, on ne peut pas comprendre certaines décisions publiques qui peuvent nous paraître saugrenues. C'est la démocratie elle-même qui est en jeu ! »

Le numéro consacré à Juppé tira à un million d'exemplaires. Morrot exultait. Il vendait davantage que le premier journal du Yémen !

Après Juppé, dans un souci d'équilibre, *Le Vengeur musqué* s'attaqua… à Philippe Séguin. L'ancien président de l'Assemblée nationale avait épousé la première femme de Jacques Toubon, et on n'en avait rien su ! Et les journalistes politiques, ces infâmes étouffeurs n'avaient rien dit ! Et cet homme, ce vil détrousseur de femme mariée, briguait la mairie de Paris ! Un titre terrible : « Comment ose-t-il ? »

Dans les rédactions, c'était l'effervescence. Des têtes chenues et respectables, Paul Guilbert au *Figaro* ou Jean Daniel au *Nouvel Observateur*, tentèrent d'endiguer ce fleuve furieux. De jeunes journalistes les traitèrent de dinosaures. « Tous complices. Cessez cette connivence avec le monde politique. Et si vous voulez retrouver un peu de crédibilité auprès de nos lecteurs, appliquez d'abord la transparence à vous-mêmes ! » Réunis en assemblée générale, les journalistes de *Libération* exigèrent de Serge July qu'il montrât l'exemple : « Regarde, Serge, lui dirent les plus décidés, dans le dernier sondage Sofres-*Télérama*, les Français sont de plus en plus convaincus que les politiques et les journalistes sont cul et chemise. Des rumeurs circulent sur toi, Serge. Démens ou confirme, il en va de la confiance des lecteurs dans les écrits de *Libé*. » July esquiva avec maestria, mais tout le monde n'avait pas son art de toréador. Dans *Le Journal du dimanche*, Jean-Claude Maurice se sentit obligé de prendre les devants : « Si j'ai été nommé directeur de la rédaction du *JDD*, ce n'est pas parce que je suis le gendre de Daniel Filipacchi, mais parce que mes pairs me font confiance. Et ma vie sentimentale est limpide. » Dans *Marianne*, Jean-François Kahn répéta pour la dixième fois qu'il avait bien habité naguère un logement de la Ville de Paris – mais en bonne compagnie – et, toujours provocateur, mit au défi quiconque de venir fouiller dans sa vie privée. La plupart de leurs confrères abandonnèrent le moins possible au molosse de la transparence, des peccadilles, une ou deux stagiaires accortes, provoquant larmes et divorces, mais pas beaucoup plus qu'auparavant. Ils dissertèrent à perte de colonnes sur les dérives inquiétantes des médias français. Les uns y virent une nouvelle preuve de la déplorable influence de la culture anglo-saxonne ; les autres au contraire dénoncèrent les retards accumulés par notre pays, la propension très catholique au secret, les tabous ancestraux du sexe et de l'argent, et son incapacité à accepter les règles modernes de la transparence sans une frénésie toute latine. Certains rappelèrent qu'on avait utilisé douteusement la première femme de Jean-Marie Le Pen, Pierrette, qui posa nue dans *Playboy*, pour discréditer le patron du Front national ; la plupart rétorquèrent que « la lutte contre le fascisme » justifiait tout. Mais les uns et les autres relayèrent dans leurs colonnes les informations les plus croustillantes parues dans *Le Vengeur*. Le mot d'ordre de Bernard Morrot était devenu celui de la presse française tout entière : « Il faut vendre plus qu'au Yémen ! »

Les tirages impressionnants de la presse finirent par inquiéter les hommes de télévision. Toujours créatif, l'ancien publicitaire Thierry Ardisson proposa à la direction de France 2 une nouvelle émission réalisée en direct : « Le vengeur masqué ». Lors de la première, affublé du masque et de la cape noirs de Zorro, il convoqua des confrères au tribunal de la transparence : « Vous Karl Zéro, frère de Bruno Tellenne, épinglé dans l'affaire des emplois fictifs de l'Essonne et concubin notoire d'une dénommée Frigide Barjot, qu'en est-il de votre propre vie sexuelle ? Vrai ou faux, dites-nous tout sur Canal + ! Vous, Philippe Meyer, vertueux journaliste qui soutenez en sous-main les rats de garde du *Point*, que faisiez-vous dans une piscine de Vancouver le 19 septembre 1984 ? » Catherine Barma, la productrice de l'émission, fulminait en régie : « On s'en fout. » Ardisson n'en avait cure : « Et vous, Claude Imbert, qui avez soutenu Philippe Meyer... » Catherine Barma n'entendit pas la suite. Le téléphone sonna. C'était Michèle Cotta, furieuse de la tournure que prenait l'émission. Le coup de fil arriva trop tard : « Et vous, Michèle Cotta, susurrait Ardisson, qui avez été mise en cause dans un livre, il y a deux ans, pour vos liens... » Quel con, soupira la directrice de France 2, il ne me cite que pour m'empêcher de supprimer son émission. Il va voir de quel bois je me chauffe. Sur son téléphone, elle composait déjà le numéro de Marc Tessier, le P-DG de France Télévision, lorsqu'elle entendit : « Quant à vous, Marc Tessier... »

Le Vengeur musqué ne dételait pas. La bataille pour la mairie de Paris était devenue son premier centre d'intérêt. Philippe Séguin avait renoncé. Le RPR pressentit Françoise de Panafieu ; *Le Vengeur musqué* évoqua les rapports qu'elle eut, sur les barricades de Mai 68, alors qu'elle n'était encore que la fille du ministre du général de Gaulle François Missoffe, avec le chef des « enragés », Daniel Cohn-Bendit. Elle démentit avec véhémence, mais dut se retirer. Cohn-Bendit, lui-même candidat à la mairie de Paris, n'eut pas le temps de contre-attaquer : *Le Vengeur* publia, plusieurs mercredis de suite, le récit détaillé d'orgies dans les couloirs de la Sorbonne occupée au cours de ce joli mois de Mai 68. Édouard Balladur fut à son tour accusé de harcèlement sexuel par une de ses secrétaires de la rue Pierre-Charron. Il avait regardé avec concupiscence les jolies jambes de la jeune femme ; alors qu'ils s'étaient retrouvés seuls dans son bureau, la porte close, il lui avait même offert une coupe de champagne avec des glaçons. Comment ne pas y voir un symbole clairement érotique, s'était plainte la ravissante plaignante.

À gauche, après le retrait de Dominique Strauss-Kahn, qui attendait toujours l'épilogue du procès de la MNEF, et celui de Jack Lang, harcelé par une harpie du *Vengeur musqué*, l'hécatombe n'avait épargné que Bertrand Delanoë. Il savourait sa revanche de son sourire timide. Longtemps, les journalistes et les caciques du PS l'avaient pris pour un second couteau, obligé, après avoir chauffé la place dans les temps difficiles du chiraquisme triomphant, de l'abandonner à plus puissant, plus brillant, dès que l'espoir de conquérir l'Hôtel de Ville aurait changé de camp. Mais Delanoë avait anticipé. Dès 1998, il avait révélé son homosexualité. Il avait ainsi sacrifié au dieu de la transparence. Il se croyait quitte. Las... *Le Vengeur* publia la lettre d'une jeune fille qui disait avoir eu avec l'élu des rapports sexuels au cours de son adolescence.

En désespoir de cause, les Parisiens réélurent le couple Tiberi. Xavière et Jean avaient été fidèles l'un à l'autre leur vie durant. Le soir des élections municipales de juin 2001, les dents de la chance du maire de Paris brillaient autant que les lampadaires de la place de la Concorde.

C'était l'été. Les premières chaleurs de juin accablaient les Parisiens. Dans les rédactions, on s'ennuyait ferme. Les municipales étaient achevées, la présidentielle pas encore commencée. On ne lisait que d'un œil discret les dernières révélations du *Vengeur* sur les frasques juvéniles de Sylviane Agacinski, alors qu'étudiante brillante à Normale sup elle ne s'imaginait pas devenir un jour l'épouse d'un Premier ministre en exercice. Or, justement, son mari surprit tout le monde en annonçant par un communiqué laconique qu'il mettait un terme à ses fonctions. Aussitôt, on interpréta sa décision comme une habileté supérieure. Jospin avait tiré les leçons de l'échec d'Édouard Balladur ; il ne voulait pas se retrouver en charge des affaires du pays pendant sa campagne électorale ; ne pas incarner le pouvoir, ses ors et sa munificence, sa raideur lointaine, quand il lui fallait être souple, simple, proche des gens ; ne pas défendre un bilan quand il devrait présenter un projet. On se trompait. Lionel Jospin donna une longue interview au journal *Le Monde,* dans laquelle il expliqua qu'il n'abandonnait pas seulement l'hôtel Matignon mais aussi la vie publique. Les ragots infâmes sur son épouse l'avaient dégoûté ; il n'en imposerait pas davantage à la femme qu'il aimait, pour l'unique satisfaction d'une ambition personnelle ; il avait toujours hésité entre bonheur individuel et engagement public ; après tout, en 1993 déjà, il s'était une première fois retiré sous sa tente, et seule l'animosité de ses adversaires politiques avait empêché le ministre des Affaires étrangères de l'époque, Alain Juppé, de lui trouver une ambassade digne de lui, ce qui lui avait permis, par une ironie du destin, de succéder quelques années plus tard au même Juppé devenu entre-temps Premier ministre ; mais les conditions nouvelles de la vie publique en France exigeaient de lui plus qu'il ne pouvait donner et accepter ; cet été, il relirait Milan Kundera : *La vie est ailleurs*.

Le président de la République demanda à Martine Aubry de le remplacer. Ce qu'elle refusa aussitôt. La campagne des municipales à Lille lui avait laissé un souvenir nauséabond. Des centaines de lettres anonymes avaient circulé, lui inventant une vie sentimentale de Messaline. *La Voix du Nord* avait, par un reste d'une ancienne discrétion, refusé de les reprendre. Mais *Le Vengeur* s'était dévoué. Il en avait publié de larges extraits. Bernard Morrot était venu lui-même donner une conférence dans la grande librairie de la capitale nordique,

Le Furet : « Les Lillois ont le droit de tout savoir des désirs de leur futur édile. Les femmes doivent bien comprendre qu'elles ne remplacent pas les hommes dans la vie politique pour s'autoriser les mêmes débordements. L'avènement des femmes doit sonner le retour nécessaire de la vertu. Transparence rime avec tempérance. »

Jacques Chirac était désarçonné. Il s'était résigné à « Martine », son tempérament, son autoritarisme, son dogmatisme même. Il se demandait bien qui désigner à Matignon. Il choisit une autre femme, Élisabeth Guigou, qui réserva sa réponse vingt-quatre heures. On aurait pu croire Chirac ravi d'être débarrassé de son plus sérieux rival, Lionel Jospin ; il n'était que renvoyé à lui-même. De méchantes rumeurs couraient Paris ; on avait exhumé les épreuves non publiées – après relecture des avocats – du catalogue de dénonciations qui avait fait frissonner les rédactions deux ans auparavant ; on révéla les notes des auteurs ; on publia les centaines de lettres de délation qu'ils avaient reçues. Nicolas Sarkozy sortit du silence qu'il s'était imposé depuis son départ de la présidence du RPR, pour défendre l'image salie du président de la République. *Le Vengeur* publia aussitôt un récit détaillé de sa rencontre avec sa seconde femme, Cécilia, et de la fureur de son mari d'alors. Le maire de Neuilly se tint coi. À côté du président, il ne restait que sa fille Claude, qui rendait coup pour coup, insulte pour insulte, se moquant comme d'une guigne des menaces et des révélations sur sa propre vie sentimentale. Dans la presse, la messe était dite. Les « transparents » avaient gagné. Il ne restait plus que des poches de résistance, dont les combattants étaient traqués dès qu'ils tentaient une sortie. Ainsi, lorsque Catherine Nay, sur l'antenne d'Europe 1, dénonça cette nouvelle perversion de la démocratie, les rats de garde annoncèrent qu'ils publieraient bientôt la liste de ses conquêtes dans le parti gaulliste. Dans la classe politique, personne n'osait plus réagir, espérant en secret que le coup suivant serait porté au voisin.

À l'Élysée, Dominique de Villepin eut une idée pour assainir la situation. Il demanda à la présidente du RPR, Michèle Alliot-Marie, de présenter une proposition de loi qui obligerait chaque candidat à l'élection présidentielle à déposer confidentiellement, outre l'état de son patrimoine, celui de ses relations intimes. Simple serment sur l'honneur, suggérat-il, comme l'avait fait Bill Clinton au moment de l'affaire Lewinsky. Après tout, le chef de l'État n'avait-il pas déclaré, quelques années plus tôt, lors d'un 14 Juillet : « Le XXIe siècle sera éthique. » Il s'agissait cette fois de mettre en pratique cette vigoureuse prophétie. Consultée, Simone Veil, nouvelle présidente du Conseil constitutionnel, fit pourtant savoir à l'Élysée qu'une telle loi serait déclarée non conforme à la Constitution. Et Élisabeth Guigou, qui venait de prendre ses fonctions à Matignon, s'y opposa elle aussi.

« Élisabeth Guigou cherche à protéger la caste politique », titra sur cinq colonnes *Le Vengeur*. Qui compara cette attitude à l'auto-amnistie des députés pour les délits financiers, une dizaine d'années plus tôt. Qui rappela que, ministre de la Justice, Élisabeth Guigou avait déjà restreint la liberté de la presse et la possibilité pour cette dernière de publier toutes les photos qu'elle désirait. « Que veut cacher cette femme ? » s'interrogea benoîtement Bernard Morrot, dans un de ces éditos dont il avait le secret. Il annonça que le nouveau Premier ministre serait désormais la cible favorite du *Vengeur*. On surveilla son mari Jean-Louis Guigou, et on étudia chacune de ses décisions de délégué interministériel à l'Aménagement du territoire à la lumière de ses relations conjugales. *Le Vengeur* plongea dans le passé de la première des ministres avec une rare délectation. Il publia des révélations en pagaille, des noms d'anciens amis et amours, des photomontages de soirées libertines. On était revenu aux pires moments de l'affaire Markovic, qui avait empoisonné la vie des Pompidou. Mais les rats de garde avaient prévenu : la législation protectrice de la vie privée qui, en 1970, avait tiré les leçons de cette cruelle expérience, était devenue un carcan odieux pour tous les amoureux de la transparence. D'ailleurs, un grand nombre de juges, afin de remercier les médias de les avoir aidés dans leur lutte contre la corruption, et parce que « le combat pour une plus grande transparence dans la vie publique est une seule et même cause », comme l'avait affirmé le syndicat de la magistrature, avaient décidé de ne plus l'appliquer.

Lors d'une émission spéciale consacrée au « XXIe siècle, siècle de la femme », Élisabeth Guigou annonça qu'elle quittait l'hôtel Matignon. « Je n'aurais jamais dû accepter. J'avais conscience des dangers mais j'ai cru que je ne devais pas me dérober. La cause des femmes valait bien quelques sacrifices. Je me croyais assez forte pour résister. Mais là, c'en est trop. Même François Mitterrand sans doute n'aurait pas tenu le choc. Je m'en vais. Je renonce. On vit plus sainement dans le Vaucluse. » Son pauvre sourire émut aux larmes des millions de téléspectateurs. Des sacs de lettres échouèrent à son domicile comme autant de preuves d'amour et de regret. C'était trop tard. Élisabeth Guigou s'était enfermée en sa mairie d'Avignon.

Jacques Chirac tournait en rond dans un Élysée morne et froid. Il ne l'avait jamais aimé, ce palais ; il avait eu tant de mal à quitter son vaste bureau de la mairie de Paris. Désormais, il s'y sentait prisonnier, coincé comme dans une souricière. Les rats de garde avaient sonné l'hallali contre lui. Ils avaient exigé de chacune des journalistes qui l'avaient suivi depuis sa première élection en 1967 qu'elles viennent témoigner, raconter, révéler. Les plus âgées répondirent obligeamment aux questions les plus impudiques, parce que cela leur rappelait le temps béni où elles étaient désirables. Les plus jeunes furent de très précieuses collaboratrices. La transparence était devenue leur religion ; elles n'imaginaient même pas cacher quoi que ce soit à leur compagnon. Des journalistes américains, à la demande de leurs collègues français, vinrent expliquer que ces mœurs n'avaient rien de barbare, que leurs présidents y étaient soumis depuis longtemps, que cela n'empêchait pas l'Amérique d'être de plus en plus riche, de plus en plus puissante ; que les Français devaient comprendre que c'était le prix à payer pour devenir enfin un peuple moderne. Une émission sur Arte décortiqua chacune des interventions présidentielles au cours desquelles Jacques Chirac était interrogé par une journaliste. On traquait, au ralenti si besoin en était, les gestes ambigus, les tendresses retenues, les regards complices. Le succès fut tel que la chaîne franco-allemande en programma un nouvel épisode avec le président Mitterrand. Puis avec Valéry Giscard d'Estaing. On s'attela même à retrouver des images d'archives des conférences de presse du général de Gaulle.

De guerre lasse, Jacques Chirac se rendit aux arguments de Bernadette. Elle en avait soupé de ce déballage, qu'elle jugeait inconvenant pour lui, insultant pour elle. Le 6 février 2002, il vint sur TF1 annoncer qu'il ne briguerait pas un second mandat. Sa voix était ferme et posée, mais les caméras s'attardèrent sur ses jambes qui s'agitaient sous la table avec une rare frénésie. « J'espère seulement que les patrons de presse qui ont importé les méthodes d'outre-Atlantique, d'outre-Manche ou d'outre-Rhin mesurent la lourde responsabilité qui est la leur. Douce France, j'espère que tu te reprendras », conclut-il avec nostalgie.

Avec de prompts réflexes que n'avaient entamés ni l'âge venu ni les batailles perdues, Valéry Giscard d'Estaing fut le premier à réagir. En tournée de promotion pour le troisième tome de ses Mémoires, *Le Pouvoir et la Vie*, il fit savoir qu'il avait déjà goûté aux charmes de la fonction, épuisé ses limites aussi, mais qu'il était prêt à mettre son irremplaçable expérience au service du pays pour peu que ses amis le lui demandent. L'un d'entre eux se dévoua et se rendit rue de Bénouville. C'était un laitier en retraite depuis fort longtemps. Le soir même, Giscard renonçait par un communiqué laconique où il était question des dérives de la démocratie française.

La droite ne savait plus à quel saint se vouer. Certains songèrent à Simone Veil, toujours aussi populaire dans les sondages. Elle refusa tout net. On ne pouvait être présidente du Conseil constitutionnel – organe qui vérifie la régularité de l'élection présidentielle – et candidate. En privé, elle montra à quelques journalistes le volumineux courrier antisémite qu'elle avait reçu depuis que sa candidature avait été évoquée dans la presse. Elle leur indiqua au passage que Laurent Fabius avait reçu des lettres de la même eau, avec dessins crochus et mains rougies du « sang d'innocents », depuis que Lionel Jospin s'était retiré de la course à la présidentielle.

Les gaullistes, qui n'avaient pas accepté l'hypothèse Simone Veil de gaieté de cœur, se retournèrent, l'esprit léger, vers Charles Pasqua. Après tout, lui et son épouse canadienne, Jeanne, n'avaient jamais défrayé la chronique. C'était un couple tranquille, uni, sans histoires, comme les aimaient l'époque et les jeunes, en particulier, hantés par le passé heurté de leurs parents divorcés. Mais les rats de garde veillaient. Ils rappelèrent que Charles Pasqua avait été à deux reprises ministre de l'Intérieur. Qu'il avait ourdi des opérations, manipulations, exécutions. Qu'il connaissait tous les secrets de la République et n'avait rien dit. Qu'il avait été le destinataire des notes des Renseignements généraux, cet organisme désuet et liberticide. Qu'il connaissait tout de la vie des politiques, journalistes, syndicalistes, chefs d'entreprise. Qu'il « tenait » tout ce beau monde. Qu'il savait qui couchait avec qui, et n'avait rien révélé. On racontait que Charles Pasqua avait coutume, pour déstabiliser certains interlocuteurs, de les aborder ainsi : « Monsieur, je ne vous serre plus la main depuis que j'ai lu votre fiche ! » Charles Pasqua eut beau expliquer à la télévision que c'était là une plaisanterie, personne ne voulut le croire. L'époque était sérieuse. Et définitive. Charles Pasqua fut jugé par les rats de garde « criminel contre la transparence ». Il n'y a pas de prescription pour une telle faute. Dans les considérants de la décision publiés *in extenso* dans *Le Vengeur*, on put lire : « Charles Pasqua, ancien ministre de l'Intérieur dans les gouvernements Chirac (1986-1988) et Balladur (1993-1995) est à ce titre l'héritier de ses prédécesseurs, de Roger Frey à Raymond Marcellin, de Michel Poniatowski à Christian Bonnet, de Gaston Deferre à Jean-Pierre Chevènement, jusqu'à Joseph Fouché. Il fut donc comme eux l'ultime rempart de la République jacobine, héritière des rois de France, pouvoir oppresseur et gardant jalousement ses secrets d'alcôve autant que nucléaires, une survivance insupportable dans l'Europe moderne, libérale, ouverte, fraternelle, et transparente aux quatre vents. »

Philippe de Villiers avait toujours pensé qu'il serait le successeur désigné de Charles Pasqua. Le retrait forcé du président du RPF lui permettait d'avancer son calendrier. Dès qu'il se révéla, les rats de garde envoyèrent au conseil général de Vendée l'exemplaire d'un vieux livre, passé inaperçu à l'époque, roman d'une jeune femme déçue, dont on menaçait de donner publiquement les clefs.

Ce n'était pas assez. Ce n'est jamais assez. La rédaction du *Vengeur* tonnait contre son rédacteur en chef, Bernard Morrot, qu'elle accusa d'avoir tu des secrets compromettants, afin d'éviter des révélations sur sa propre vie privée. Début mars, une organisation dissidente des rats de garde, qu'elle jugeait trop conciliants, lança une opération coup de poing : « Retrouvons les fils et les filles cachés de nos hommes politiques. » L'exemple de Mazarine, fille de François Mitterrand, fut bien sûr évoqué : « Souvenons-nous. Lors de son élection en 1981, il ne nous avait pas dit qu'il était père d'une fille naturelle. S'il nous avait trompés là-dessus, c'est qu'il pouvait nous tromper sur tout le reste. »

Des journaux qu'excédait le succès du *Vengeur* (1,2 million d'exemplaires désormais chaque mercredi) lancèrent des appels à témoin. Les dénonciations abondèrent, les recherches en paternité se multiplièrent, ainsi que les demandes de pensions alimentaires. Un commando osa même déterrer le cadavre d'Antoine Pinay, pour prélever un échantillon d'ADN. On retrouva sur sa tombe, en lettres noires : « La justice l'a bien permis pour Yves Montand. Pourquoi pas les politiques ? Pas de privilèges. Égalité devant la loi. »

Le préfet de Haute-Marne fit renforcer la protection du cimetière de Colombey-les-Deux-Églises.

Ce ne serait jamais assez. La plupart des politiques le comprirent enfin. Ils cessèrent de finasser. Ils se retirèrent. Debout devant sa blanche maison de Bordères, non loin de Pau, solennel, François Bayrou, sa main dans la main de sa femme, ses six enfants étalés en paravent devant eux, tira sa révérence. « Je n'ai rien à me reprocher, en tout cas moins qu'Henri IV, jeta-t-il en bégayant un peu. Mais je ne peux souscrire à cette insupportable perversion de la démocratie. Je proposerai donc au bureau politique de l'UDF, à nos amis de Démocratie libérale, et à nos alliés du RPR que nous trouvions la solution à la fois de l'unité et de la sagesse, de l'Europe et du gaullisme, qui aurait pour nom Raymond Barre. »

Après les défections de Lionel Jospin, de Martine Aubry, d'Élisabeth Guigou, de Dominique Strauss-Kahn, et de Jean-Pierre Chevènement, victime d'une sans-papiers collante, personne, à gauche non plus, n'avait échappé au couperet. Jack Lang avait à son tour été cisaillé. Rumeurs et révélations furent lâchées sur Internet, reprises avec diligence par *Le Vengeur*. François Hollande eut à peine le temps de se retirer ; déjà, on lui avait inventé trois maîtresses corréziennes, et un amant poitevin à Ségolène Royal. Les socialistes, faute de mieux, étaient prêts à mettre leur destin entre les mains de l'écologiste Dominique Voynet. Ils se consolaient en songeant que les gaullistes étaient en train d'avaler la couleuvre Raymond Barre.

Leur espoir fut de courte durée. *Le Vengeur* publia un numéro spécial consacré à la « vie pétulante de Madame la ministre ». De nouveau, l'hebdomadaire sortait le grand jeu : interviews d'anciens amants délaissés, reportages à l'Assemblée nationale parmi les députés masculins, « cette espèce en voie de disparition, qui constitue le cheptel préféré de Mme la ministre de l'Environnement », commenta le journaliste, photomontage d'étreintes torrides, etc. Les larmes aux yeux, Dominique Voynet annonça qu'elle quittait la vie publique pour se retirer à Dole, s'occuper enfin de sa petite fille. Entre deux sanglots, elle avoua qu'elle en regrettait presque le bon vieux temps des insultes, salaces mais moins dangereuses, dont l'avaient abreuvée les chasseurs quelques années plus tôt…

Lors du congrès du Parti socialiste qui suivit, Henri Emmanuelli, revenu en grâce après sa réélection dans son fief landais, s'écria : « Défendons nos couleurs ! » Chacun crut qu'il parlait pour lui. On se trompait. Il proposait seulement de relire les sondages en tenant compte de tous ceux que les instituts avaient éliminé de leur propre autorité. Et c'est ainsi que le bureau national du Parti socialiste au grand complet, exceptionnellement accompagné de Danièle

Mitterrand, processionna jusqu'au domicile de Jacques Delors, et l'implora de se présenter au nom de la France, du socialisme, de l'Église catholique et romaine, de l'Europe du Saint Empire romain germanique, des congés payés de 1936, du comité d'entreprise d'EDF. En vain. Mais quand la délégation invoqua les mânes de Fausto Coppi et de Gino Bartali, Jacques Delors céda enfin.

Il n'eut aucun mal à devancer au premier tour ses rivaux de gauche, Gabriel Cohn-Bendit, le frère aîné de Dany, candidat des Verts, Arlette Laguiller – à qui on avait cherché en vain le moindre amant au Crédit lyonnais – et Jean Ferrat, pour le Parti communiste. Deux semaines plus tard, tous les observateurs en étaient convaincus, Jacques Delors, chouchou des sondages depuis douze ans, deviendrait enfin celui des électeurs et sixième président de la Ve République...

Raymond Barre baissa à peine le son de sa chaîne hi-fi. Les violons inspirés par Jean-Sébastien Bach poursuivaient leur folle sarabande, lorsque son visage recomposé par ordinateur s'inscrivit lentement sur l'écran de télévision. Le téléphone sonna. C'était son ami Pierre Mazeaud qui l'appelait du Palais-Royal pour le féliciter. Les deux hommes ne dirent pas un mot de ce *Rigoletto* qui les avait transportés de bonheur, quelques semaines plus tôt, dans les arènes de Vérone. Barre était plus désabusé qu'à l'accoutumée ; Mazeaud, plus irrité qu'à l'habitude. Celui-ci évoquait les mânes du général de Gaulle avec une ferveur redoublée ; celui-là vomissait la France, « homme malade de l'Europe ». Cette même France qui venait pourtant, en ce 5 mai 2002, de l'élire président de la République. Il est vrai que sa tardive consécration avait le ridicule africain des « maréchal-président » ; que si 100 % des voix l'avaient plébiscité, seuls 22 % des électeurs avaient daigné se déplacer pour légitimer cette formalité ; que les conditions du retrait de son ultime adversaire, Jacques Delors, deux jours après le premier tour, lui avaient laissé un goût de cendres dans la bouche.

L'ancien président de la Commission européenne avait désormais l'habitude des renoncements en direct. Cette fois pourtant, il avait osé concourir, désobéir à sa femme et démentir enfin le mot cruel de François Mitterrand : « Delors aimerait bien être président de la République, s'il y était nommé ! » Mais au surlendemain du premier tour, il dut se rendre à l'évidence : il n'habiterait jamais l'Élysée. Il n'en souffla mot et attendit d'être invité au 20 heures de France 2. Non sans une certaine coquetterie, il passa cette fois encore l'émission à ménager le suspens, éluder les questions de son interlocutrice, décrire par le menu un programme électoral séduisant sans démagogie, et brocarder son adversaire de piques acérées. Puis, dédaignant les tourments énamourés de la journaliste, il avait fixé sans aménité le regard bovin de l'objectif : « Ne rêvez pas, madame, n'espérez pas, monsieur, avait-il lancé à d'invisibles téléspectateurs, tout cela restera lettre morte. Je me retire de la course aux suffrages. Et pour une raison que seul connaît un courageux anonyme : ça ! »

Il avait plongé sa main vers une serviette au vieux cuir fatigué, qui le suivait partout depuis le temps lointain où il était jeune conseiller écouté d'un Premier ministre nommé Jacques Chaban-Delmas. Il en tira avec un soin méticuleux, comme s'il manipulait de l'or ou un tas de boue, un dossier rouge sur lequel les caméras fondirent comme des rapaces alléchés par le goût du sang. On apercevait déjà quelques photos jaunies, lorsque Jacques Delors referma le tout pudiquement : « Et ça, martela-t-il, c'est la honte de ce pays. De ce qu'il est devenu. »

La journaliste le bombarda de questions. Mais la cible vivante s'était levée : « Messieurs les liberticides, bonsoir », jeta-t-il, dans un mélange de grandiloquence et de désespoir. La jeune femme se dressa d'un bond pour le rattraper ; les caméras affolées alternaient plans serrés et plans larges sans rien retenir dans leurs filets ; la lumière et le son manquaient dans ce coin reculé du studio. On entendit seulement un long soupir, puis une plainte retenue : « Seules ma femme et ma fille sont au courant. Personne d'autre... »

La journaliste, un bouton de chemisier ouvert par inadvertance, revint à sa table de présentatrice. Le fauteuil élyséen ne pouvait plus échapper à Raymond Barre. Il ne l'espérait plus pourtant depuis longtemps ; il ne le désirait même plus ; l'avait-il d'ailleurs jamais désiré ? Comme il l'avait promis, il avait rendu les clefs de la ville aux Lyonnais ; il jouissait depuis lors d'une popularité qu'il n'avait jamais connue ; il coulait des jours sereins entre sa villa de Saint-Jean-Cap-Ferrat, ses concerts d'opéra à travers l'Europe, ses conférences en anglais et en euros devant les grands patrons de la planète. Mais *ils* étaient venus en délégation le supplier. *Ils* avaient fait tinter les vieux mots toujours ensorcelants de devoir, patrie, dévouement. Ses plus grands ennemis de jadis s'étaient déplacés. François Léotard, son allié de la présidentielle de 1988, était venu en flagellant de Fréjus ; de Grasse, Bernard Pons, qui avait pourri ses cinq années à Matignon, lui avait porté, en humble et respectueux télégraphiste, un message de son « ami Jacques Chirac ». Même son vieux camarade Mazeaud lui avait recommandé de se sacrifier avant d'ajouter, mystérieux : « Ne me propose pas de devenir ton Premier ministre. J'ai eu une vie trop bien remplie pour cela. »

Et voilà comment Raymond Barre s'était retrouvé, au terme d'une campagne comme il les aimait, sans meetings ni militants, en tête des candidats de droite au soir du 21 avril, loin devant Marie-Caroline Le Pen, Thierry Jean-Pierre et… Xavière Tiberi, face à Jacques Delors, candidat de la gauche plurielle. De rares esprits iconoclastes additionnèrent les âges avancés des deux protagonistes de la première élection du IIIe millénaire. La plupart des commentateurs méprisèrent cependant cet argument inconvenant à l'égard de nos compatriotes seniors. Chacun préférait taire les raisons réelles d'une si surprenante affiche. Ainsi, dans les sociétés traditionnelles, croyait-on éloigner le mal si on ne prononçait pas son nom. Alors, on ne disait pas qu'une terrible épidémie de peste s'était abattue sur notre douce France…

Le soir du 5 mai 2002, place de la Concorde, un homme seul déambulait, l'air joyeux, presque exalté. On le reconnaissait à ses tristes moustaches et à un dossier de couleur bleue qu'il tenait serré contre son cœur. Il était pris de brusques éclats de rire, par saccades. Il abordait chaque passant, et lui glissait au creux de l'oreille, comme un secret d'État : « Barre, Barre, laissez-moi rigoler, quand il était Premier ministre, au Pavillon de musique, il s'en passait de belles… Moi, je sais, moi, j'ai les preuves, là, dans ce dossier. Tremble, République française ! » Puis, s'interrompant devant l'air atterré de son interlocuteur, il partait dans une autre direction, en hurlant : « Nous allons faire une énorme vente, une énorme vente, une vente énorme. Toute la population du Yémen n'y suffira pas. Il faudra y ajouter celle du Honduras ! »

Réveillons-nous.

Ce n'était qu'un rêve. Un cauchemar pour les uns, un fantasme pour d'autres.

Depuis quelques années, quelques mois surtout, on entend des portes grincer, des vasistas s'entrouvrir, des gonds rouillés se réveiller dans notre dos. On cherche à forcer l'un des plus beaux secrets de chacun, sa vie privée, à étaler au grand jour ce qui par nature ne se résume pas, ne s'explique pas, ses coups de cœur, ses amours. Les perceurs de coffres-forts n'agissent pas dans la discrétion mais dans l'hypocrisie : gênés de faire appel aux instincts les moins avouables de chaque individu, peu pressés de leur révéler qu'ils n'agissent que pour gonfler les ventes dune presse qui perd des lecteurs, les voyeurs mettent en place leurs gros téléobjectifs, aussi aimables que des

Kalachnikov et s'embusquent avant de « shooter », pour parler comme eux.

Au début, ils n'ont tiré que le gibier facile, celui qui depuis longtemps fait la une des magazines de papier glacé : des princesses, des actrices, des chanteurs, des vedettes de télévision. Chaque fois, l'argument était le même : ça ne les gêne pas de se montrer en photo quand sort un de leurs films ou un de leurs disques, on ne va pas se gêner pour leur extorquer d'autres photos qu'ils auraient bien aimé garder pour eux. D'où la dérive de *Voici*, journal parfaitement honorable jusqu'au début des années 1990, mais qui stagnait aux alentours des 200 000 exemplaires. Son propriétaire, l'Allemand Axel Ganz, décida alors d'importer en France les méthodes qui faisaient florès dans son pays : filatures, paparazzi richement rémunérés pour une seule photo volée (des clichés de couverture de magazines à scandales se négocièrent à un million de francs), viol systématique de la vie privée, entourages soudoyés, couples brisés, etc. Le tirage de l'hebdomadaire se redressa aussitôt, de nombreuses journalistes invoquèrent la clause de conscience et quittèrent le titre. Elles furent remplacées par d'autres qui étouffèrent leurs scrupules en signant leurs articles sous des pseudonymes. Il fallut une multiplication de procès qui vidèrent les caisses de la maison et défigurèrent les unes (à cause de l'obligation de publier les condamnations) pour que les responsables du magazine, inquiets de voir leurs lecteurs déserter ou leur demander des comptes, décident de changer à nouveau de stratégie : moins de photos de paparazzi, donc moins de procès et davantage de petits échos fielleux pour ceux qui avaient osé se mettre en travers de leur route. On s'en prit à l'« argent de poche » des stars, facilement gagné grâce à ces procès, en oubliant les dépenses d'avocats et de procédures, et en omettant de dire que certaines de ces vedettes remettent ces sommes à des organismes de charité.

Les éditeurs du titre habillèrent leur repentance de considérations vertueuses. Il est vrai qu'entre-temps le tragique accident de la princesse Diana et la révélation de la traque permanente qu'avaient été les dernières années de sa vie avaient choqué l'opinion. Elle prenait conscience de ce qu'il y avait parfois derrière des photos et les reportages qu'on lui proposait.

En homme avisé, le patron du groupe Prisma en France avait toujours fait savoir que jamais il ne s'en prendrait à la vie privée des hommes politiques, montrant là sa conception très particulière de la transparence applicable à chacun. Il ajoutait en privé qu'outre le fait que les politiciens étaient de piètres sujets d'accroche en une – ils ne faisaient pas rêver et donc pas vendre –, il ne voulait pas prendre de risques avec une classe politique dont il savait que, plus que d'autres, elle a une fâcheuse tendance à légiférer sur les questions de presse. Éditeur étranger, il ne tenait pas à se voir bouter hors de nos frontières. Mais d'autres groupes, aiguillonnés par la concurrence imposée par *Voici*, se chargèrent d'avancer quelques prudents doigts de pied dans la porte entrebâillée. On vit ainsi l'un de ces magazines évoquer l'hypothèse de liaisons intimes entre Claudia Cardinale et un très important personnage politique. On en vit d'autres s'en prendre – fût-ce avec des pincettes – à la vie privée de la fille du chef de l'État.

Bref, le pli est pris et il y a fort à parier que, sauf réaction des politiques, souvent inutilement frileux, et des journalistes, parfois sottement corporatistes, des éditeurs de presse aux abois s'introduiront dans la brèche ouverte par d'autres.

La menace se précise à l'intérieur même du cheval de Troie. On a vu tout récemment un grand éditeur parisien lancer une opération de marketing assez réussie pour savoir ce qu'était la demande des lecteurs. Quel tabou souhaitez-vous voir briser ? Il offrit donc de très confortables à-valoir à l'un de ses employés et une journaliste pour se mettre en chasse de tous les ragots qui circulent depuis longtemps dans Paris : « Voyez comme nous nous sentons proches de vos préoccupations, nous vous offrons ce que jusqu'alors seuls les journalistes savaient. Ils n'osaient pas vous le dire, c'est bien la preuve de leur connivence. » La démonstration fut habile, mêlant intimement le crapoteux et la rumeur à ce qui, en revanche, n'est pas contestable : le citoyen doit être au courant de tous les scandales de la République (qui songerait à le regretter ?). À notre connaissance d'ailleurs, rarement les Français n'ont été à ce point informés des affaires en tout genre, parfois même avant les principaux intéressés. Jamais les moindres épisodes de la procédure judiciaire ne furent aussi décortiqués : mises en cause, informations judiciaires, auditions, interpellations, mises en examen, procès, rien n'est désormais celé. Ce ne fut pas toujours le cas, tant s'en faut, et il faut reconnaître à certains politiques le mérite de désormais s'interdire toute ingérence dans la marche de la justice. Les tentatives d'étouffement sont pratiquement vouées à l'échec. Les journalistes aussi veillent, et depuis longtemps. Les juges ont pris une indépendance qu'ils n'avaient pas il y a encore dix ans et se plaignent de moins en moins d'entraves. Quant aux hommes politiques, ils ont pour la plupart compris que toute maladresse se retournerait contre eux. Qu'on se souvienne du rocambolesque épisode de l'hélicoptère dépêché dans l'Himalaya pour aider Xavière Tiberi...

Il est donc faux et sournois de prétendre qu'une hypothétique connivence journalistes-hommes politiques aboutirait à une extrême indulgence en matière de dénonciation de scandales. D'ailleurs, la véritable intention des auteurs de *L'Omertà française* n'était pas là. Ils la dévoilèrent sans retenue à la une de *VSD*, hebdomadaire du groupe Prisma : on vit la jeune femme enfourcher fougueusement son compagnon d'écurie et dévoiler une cuisse généreuse lors de son étreinte, son coauteur ne dévoilant que ce qu'il pouvait : des billets de cinq cents francs. Cul, fric, la démonstration était faite : tous pourris. Il y avait dans cette couverture, plutôt inattendue pour un éditeur et une journaliste dont les noms et visages n'étaient jusqu'alors connus que de leurs proches, quelque chose d'à la fois réjouissant (débridons-nous Folleville) et révélateur (voilà donc ce qui pourrait sauver la presse et l'édition : le cul et le fric).

Une gêne s'empara des rédactions parisiennes : parler du livre ou ne pas en parler. En parler, c'était donner encore plus d'écho à la thèse et jeter en pâture au plus large public les noms et les mœurs de très estimables confrères ou consœurs, épinglés pour certains avec rudesse ou perfidie par les auteurs du livre. Ne pas en parler, c'était aussi leur donner raison : voyez comme les journalistes se tiennent entre eux, ils ont trop peur d'aborder les mœurs de leurs petits camarades.

Nous avons quant à nous choisi d'en parler, de répondre à un livre par un livre, parce que le libelle est un genre bien utile et malheureusement abandonné. Vive les duels...

Nos confrères surfent, hélas ! sur une vague qui ne demandait qu'à s'engouffrer dans les brèches de digues qui s'effondrent. Elles préservaient jusqu'alors ce que l'on nomme dans ce domaine comme en d'autres une exception française. Pour des raisons historiques, sociologiques, religieuses, nos compatriotes se sentent plutôt bien dans leur peau en matière de sexe. Ils auraient même, dit-on, quelque tendance à se vanter... Il n'est donc pas anormal que, décomplexés et vaguement goguenards quant aux affaires du voisin, ils ne se montrent pas plus curieux que cela des mœurs de leurs gouvernants, pour peu qu'on ne les leur impose pas à la une des kiosques. Les journalistes, sans qu'à aucun moment il n'y ait eu mot d'ordre (on ne connaît guère plus rétif et individualiste qu'un journaliste français), se sont depuis la dernière guerre plutôt conduits en adultes dans ces domaines. Ils ont jusqu'alors évité les intrusions crapoteuses dans la vie privée de leurs hommes politiques, ce qui ne les a jamais empêchés d'exprimer par ailleurs tout le mal qu'ils pensaient d'eux.

Les rares exceptions dans le métier, comme celle du défunt *Minute*, ont toujours été montrées du doigt. Veillons donc à limiter les dégâts. Qu'on se souvienne de l'infâme campagne menée sous le manteau, par manque de courage, contre le couple Pompidou. Il y avait là quelque chose de dégueulasse, il n'y a pas d'autre adjectif, qui aurait pu briser un ménage et accessoirement – ce n'est pourtant pas mince – la carrière d'un homme de grand caractère. Il n'était pas encore président de la République et nous préférons mille fois que les Français se soient prononcés en 1969 pour d'autres raisons que celles que propageaient des rumeurs. Qu'on se souvienne aussi de ce qui se disait, cinq ans plus tard, à la mort de Georges Pompidou, lors de l'élection de son successeur. Jacques Chaban-Delmas fut lui aussi la cible de vilaines rumeurs sur ses divorces. Lancées par des hommes politiques d'envergure, elles ne furent heureusement que très rarement relayées par la presse. Aujourd'hui, selon les nouveaux codes instaurés par nos prudes chevaliers, tout cela serait divulgué au grand jour. Comment faire alors le distinguo entre la rumeur, le ragot, le bruit de chiottes et l'information avérée ? De quels instruments disposera le citoyen pour se forger une opinion ? A-t-on pensé aussi aux blessures parfois béantes que telle ou telle révélation, fondée ou non, peut créer dans l'entourage de la victime, sa femme, ses proches, ses parents et surtout, les plus fragiles, ses enfants ? Non, bien sûr, parce qu'on aura la conscience propre au nom du principe de transparence.

Eh bien, cette fausse transparence-là ne nous plaît pas. Ce journalisme de trou de serrure n'a rien à nous apprendre sur les capacités ou les limites de nos élus. Il fait au contraire naître un épais brouillard autour des vrais problèmes qu'on leur demande de résoudre et détourne l'attention du citoyen. Car, oui ou non, le responsable, qu'il soit politique, économique, syndical, journaliste, a-t-il du talent, du courage, des connaissances ? Le reste ne nous importe que de façon anecdotique. Pas plus que nous n'avons réellement besoin de savoir s'il est franc-maçon, karatéka, cordon-bleu, catholique, juif ou protestant, homo ou hétérosexuel... La récente tentative d'*outing* (méthode anglo-saxonne qui veut forcer sa victime à avouer ses goûts pour les hommes ou les femmes) a avorté l'année dernière en France. Non sans vertu, les journalistes ont tous refusé de céder à la pression d'Act-up, une association pourtant très efficace et disposant de nombreux relais. Ils n'ont pas dévoilé le nom du député UDF visé par la campagne. Il serait salutaire qu'ils continuent à entourer le concept de vie privée d'un cordon protecteur. Les exemples du contraire, qui nous viennent d'outre-Manche, d'outre-Rhin, d'outre-Atlantique mais aussi d'outre-temps, font en effet froid dans le dos.

[illegible]

Bien sûr, vous vous dites que ça n'arrivera jamais chez nous. Vous vous moquez des histoires de robes tachées, de cigare et des lubies moralisatrices du procureur Starr, déjà balayées par l'histoire. D'ailleurs, vous n'avez pas lu son fameux rapport que la presse française a consciencieusement publié dans son intégralité. Enfin, vous avez jeté un œil par curiosité. Mais de quoi fouetter un chat, surtout un chat gaillard comme vous, un Français en somme. Ces Américains tout de même, de grands enfants qui s'étonnent de tout et s'indignent de peu. Grand chose, vous êtes-vous dit. Des Américains c'est ça, d'indécrottables puritains. On vous a expliqué que ce n'était pas la première fois que Bill Clinton avait de semblables ennuis, lors de sa première campagne présidentielle déjà, mais à l'époque, la main dans la main, les yeux

Bien sûr, vous vous dites que ça n'arrivera jamais chez nous. Vous vous moquez des histoires de robes tachées, de cigare et des lubies moralisatrices du procureur Starr, déjà balayées par l'histoire. D'ailleurs, vous n'avez pas lu son fameux rapport que la presse française a consciencieusement publié dans son intégralité. Enfin, vous avez jeté un œil. Par curiosité. Pas de quoi fouetter un chat, surtout un chat égrillard comme vous. Un Français en somme. Ces Américains tout de même, de grands enfants qui s'étonnent de tout, et s'indignent de pas grand-chose, vous êtes-vous dit. Des puritains, c'est ça, d'indécrottables puritains. On vous a expliqué que ce n'était pas la première fois que Bill Clinton avait de semblables ennuis, lors de sa première campagne présidentielle déjà, mais sa femme, la main dans la main, les yeux dans les yeux de la caméra, l'avait sauvé. On vous a seriné qu'il avait menti, péché mortel devant la justice américaine. On vous a rappelé qu'un autre démocrate, Gary Hart, n'avait même pas pu se présenter à l'élection présidentielle de 1984, parce qu'on l'avait retrouvé en galante compagnie à la sortie d'un hôtel (« Je vous mets au défi de me trouver une aventure extraconjugale », avait lancé l'imprudent à la presse pendue à ses basques) ; qu'un conseiller politique de Clinton, Dick Morris, avait dû démissionner à la suite d'un scandale sexuel ; qu'un ancien du FBI, Gary Aldrich, avait publié un best-seller en 1996, *Unlimited Access*, chronique détaillée des chaudes soirées où s'était illustré le président Clinton ; que Linda Tripp, la confidente perfide de Monica Lewinsky, était une amie de l'ex-agent du FBI ; que l'extrême droite moralisatrice appuyait le procureur Starr ; que cette affaire consacrait la revanche du Sud vertueux et raciste sur le Nord métissé, aux mœurs relâchées. Bref, on vous a fait le coup de la spécificité, on pourrait dire pour une fois de l'exception américaine, et vous avez marché. De bonne foi, rassuré : ça n'arrivera jamais chez nous ; trop content, conforté dans votre complexe de supériorité.

Pourtant, si une petite voix fluette vous murmure : « *Happy birthday, Mister President !* » ne la faites pas taire. Si, si, vous vous rappelez. Une robe en strass, une poitrine généreuse, une chute de reins à se damner, Marilyn Monroe, c'est elle. John Fitzgerald Kennedy avait meilleur goût que William Jefferson Clinton, c'est entendu. Il avait de surcroît en Jacqueline une épouse belle et intelligente, qui ne se sentait pas obligée de nous expliquer avec une rouerie de femme savante qui a lu les œuvres complètes d'oncle Sigmund, que les infidélités à répétition de son mari provenaient d'un traumatisme né au cours d'une enfance douloureuse, pendant laquelle il dut choisir entre deux femmes, sa mère et sa grand-mère ! Car le mari de Jackie n'était pas moins obsédé par les femmes, pas moins soucieux de plaire, pas moins menteur, que celui d'Hillary. Ses soirées n'étaient pas moins pimentées que celles de son lointain successeur ; son frère Robert y participait aussi ; on s'échangeait des actrices ; Marilyn justement était passée des bras du Président à ceux de son ministre de la Justice. On songe à notre Régent, Philippe d'Orléans, qui ne décourageait nullement sa fille de participer à ses orgies, au grand dam des vertueux de l'époque, et des libelles – les médias d'alors – qui accusaient le père et la fille de coucher ensemble !

Mais revenons à nos moutons du Middle West. Après les frangins farceurs, s'installe à la Maison-Blanche Lyndon B. Johnson, qui regarde son prédécesseur comme un demi-sel en matière amoureuse. Lui succède Richard Nixon, et son grand ministre des Affaires étrangères, Kissinger, qui se sert d'Hollywood comme d'un réservoir inépuisable de sa chambre à coucher. N'allons pas jusqu'à titiller la mémoire de Franklin Delano Roosevelt, père du New Deal, vainqueur d'Hitler, et grand séducteur devant l'Éternel, en dépit d'une chaise roulante. Et l'on dit que Lincoln lui-même… Tous ces hommes ont gouverné les États-Unis d'Amérique, pays réputé pour son puritanisme, son Sud raciste et vertueux, ses juges pointilleux et sa presse libre. Sans scandale sexuel, sans campagne de presse, sans Monica. Que s'est-il passé ? Une révolte ? Non, sire, une révolution.

En 1974, le président Nixon est contraint de quitter la Maison-Blanche. Il part avant d'être renvoyé par une procédure de destitution dite d'*impeachment*. On connaît l'histoire du Watergate, les micros posés au siège du Parti démocrate, les révélations des Rouletabille américains, Woodward et Bernstein, les « mensonges » du président Nixon. On se souvient du surnom évocateur attribué par les deux journalistes du *Washington Post* à leur informateur : *Deep Throat*, « Gorge profonde », tiré d'un film pornographique des années 1970, où il était beaucoup question de fellation. Vingt-cinq ans après, il est toujours question d'« *oral sex* » à la Maison-Blanche. N'y voyons pas seulement un hasard amusant, mais un symbole éclairant : en ce jour où Nixon s'en va, ses vainqueurs célèbrent une « victoire de la démocratie » ; ils omettent de préciser de quelle démocratie il s'agit. Ils ont en effet prouvé qu'on pouvait renverser un président élu par le peuple deux ans plus tôt, sans que le même peuple ne s'exprime une nouvelle fois. Vingt-cinq ans après, ils ont tenté de nouveau le coup. Pas un coup d'État, certes. L'armée n'est pas sortie de ses casernes, un général n'a pas pris la place de Richard Nixon, tout s'est passé formellement dans les règles institutionnelles. Mais l'esprit de ces règles a été subrepticement changé.

Au-dessus du politique, de l'élu du peuple, du peuple lui-même donc, s'impose désormais un catéchisme auquel il est soumis. On l'appelle « transparence » ou « droits de l'homme » selon les besoins. Peu importe. C'est l'idéologie qui justifie, légitime un nouveau pouvoir : celui des juges et des médias. Ils ont scellé, lors de l'affaire du Watergate, une alliance de fer qui tient solidement depuis lors, et s'est étendue au reste du monde. Chaque groupe social a besoin d'une représentation du monde pour assurer sa cohérence et son influence dans la société : les grands seigneurs à la cour de Louis XIV avaient le jansénisme ; les bourgeois français du XIXe siècle, les acquis de la Révolution ; les ouvriers anglais ou allemands, un marxisme revisité par leurs puissantes organisations social-démocrates. Les journalistes, les juges, les avocats, les lobbys, et tous ceux qui collaborent à ce « tribunal de l'opinion publique », se sont dotés de cette vulgate idéologique. Qu'ils imposent à coups de trique aux malentendants.

Dans la fureur et dans le bruit, ils ont ainsi trouvé une solution « moderne » à une question qui taraudait les théoriciens libéraux depuis les débuts de la Révolution de 1789 : comment endiguer, canaliser, museler ce peuple que des Français imprudents ont déclaré souverain, pour qu'il ne devienne pas despotique à son tour ? Au bout de deux siècles, ils ont enfin trouvé. Depuis lors, leurs héritiers ne cessent d'annoncer la bonne nouvelle : la démocratie est achevée (dans quel sens ?), l'histoire, finie. Face à cette sorte de contre-réforme libérale, les politiques américains ont les premiers courbé l'échine. Les républicains parce que c'était leur idéologie, les démocrates, parce que c'était le seul moyen de garder les apparences du pouvoir. Ils ont accepté le recul du politique au nom du retrait de l'État ; se sont soumis à la domination du marché au nom de l'efficacité économique ; à celle de la caste médiatico-judiciaire au nom des grands principes. En clair, ils ont passé la main, pour peu qu'on leur garde les voitures de fonction et les fauteuils dorés. Ils ont d'abord envoyé à la Maison-Blanche le président le plus médiocre de l'après-guerre, Jimmy Carter, un homme honnête, qui ne mentait pas et ne trompait jamais sa femme. Avec Bill Clinton, bien plus doué, ils ont sonné la fin du «*big government*», et se sont résolument installés sur les terres idéologiques de leur vieux rival républicain : équilibre budgétaire, réforme de l'aide sociale, généralisation du libre-échange, répression accrue de la délinquance, transformant peu à peu la bataille entre démocrates et républicains en une simple lutte d'influence au sein d'une sorte de grand parti unique. Affolés par cette confusion qui ne profitait électoralement qu'à leurs adversaires, les républicains se sont radicalisés : ils ont soutenu l'action folle du procureur Starr, en dépit des millions de dollars dépensés, et de la frénésie voyeuriste dans laquelle il a fait vivre l'Amérique pendant des mois ; puis, ils n'ont pas ratifié le traité START qui prévoyait l'interdiction des essais nucléaires, au grand scandale de l'ensemble de la planète. Après avoir ridiculisé le président des États-Unis, ils l'ont ainsi dépouillé de ses derniers attributs de puissance en politique étrangère.

Au fil des ans, la lutte politique est ainsi devenue affrontement virtuel dans un monde médiatique. La réalité est ailleurs. Le pouvoir aussi. Le peuple ne s'y est pas trompé qui boude les urnes plus que jamais : lors des élections au Congrès de 1998 – celles qui ont suivi le déferlement juridico-médiatique de « l'affaire Monica » –, la participation est descendue à un taux de 36 %, le plus bas depuis… 1942 ; dans plus de 80 circonscriptions, dont 17 sur 23 en Floride, il n'y avait qu'un seul candidat. Nous ne sommes plus très loin du scénario catastrophe de politique-fiction de notre prologue ! La désintégration du débat politique pousse les électeurs à ne plus rien attendre de leurs élus, si ce n'est la probité et la rigueur morale. Comme la moindre des choses, pour des gens somme toute inutiles, des parasites distingués. Selon Hannah Arendt, c'est lorsqu'une classe sociale perd de son pouvoir après avoir été dominante, connaît un déclin économique et social, que les persécutions commencent à son encontre : les aristocrates français à la veille de la Révolution, les juifs allemands dans les années 1930. Pour les hommes politiques d'Occident, le châtiment suprême sera moins sanguinaire, plus symbolique : ils seront transformés en chanteurs. Et traités comme tels.

L'Amérique était le terrain idéal pour lancer un tel mouvement historique, par la puissance économique de ses grands médias, sa vigoureuse tradition de pouvoir judiciaire, sa méfiance traditionnelle envers l'État, le rigorisme moral de ses pionniers. Mais le monde entier a suivi, mi-fasciné, mi-terrifié. Dans tous les pays, l'alliance entre médias et juges se noue ; peu à peu, elle remplace les habituelles instances de régulation démocratique,

Chambres basse et haute ; les exécutifs sont de moins en moins responsables devant le législatif, de plus en plus devant le nouveau pouvoir. Face à cette offensive, les politiques se sont révélés hésitants sur la démarche à suivre, alternant séduction et menace, stratégie d'évitement individuel et soumission idéologique collective. Comme désarmés. Rois dénudés. Il est vrai que, dans chacun des pays, la rencontre de l'internationalisme venu de la gauche – les droits de l'homme – et de son homologue venu de la droite – le libre-échange des marchandises et des capitaux – a agi sur le destin des politiques comme la conjonction explosive du nitrate et de la glycérine. Cette révolution a précédé – ou accompagné – les bouleversements technologiques de l'Internet. Elle a rendu caduque la notion même de frontière, et donc de territoire, de contrainte légitime, de protection de la collectivité nationale, de représentants du peuple.

Les politiques sont depuis lors en apesanteur. En sursis. Sous contrôle. Celui exercé sur leur vie privée n'en est qu'une des formes les plus abouties. Très vite, il se généralise. Aux quatre coins du monde, ce ne sont que scandales, révélations, démissions. En Angleterre, le gouvernement de Tony Blair subit le même harcèlement médiatique que celui de John Major. À l'époque, on prétendait que les conservateurs payaient leur campagne moralisatrice pour un « retour aux valeurs ». Que paye Tony Blair ? Ron Davies, ministre des Affaires galloises, fut le premier touché. Au cours d'une virée homosexuelle à la Pasolini dans un jardin de Londres, des rastas lui dérobent ses papiers et sa voiture ; il démissionne quelques semaines plus tard. La presse anglaise révèle alors l'homosexualité du ministre de la Culture, Chris Smith, et celle de son homologue du Commerce, Peter Mandelston, mentor politique de Tony Blair. Enfin, le ministre de l'Agriculture, Nick Brown, est contraint d'en faire autant lorsqu'un autre tabloïd, *News of the World,* menace de publier les révélations payées d'un de ses anciens amants. Le lendemain, *The Sun* titre : « Le Royaume-Uni est-il gouverné par une mafia homosexuelle ? » Et son patron, Rupert Murdoch, de sommer le Premier ministre, Tony Blair : « Dites-nous la vérité, Tony, sinon, votre gouvernement va vite se retrouver dans une massive tourmente de désagréments. » Non pas que le journal soit hostile aux homosexuels, « il n'y a rien de mal à être gay », mais : « Quatre gays sur vingt et un ministres, sans compter ceux qui n'ont encore rien dit, cela représente déjà le double de la moyenne nationale qui est d'un homme sur dix environ ; ensuite, ceux qui se plaisent à garder leurs petites affaires dans l'obscurité peuvent être la cible de chantage, de pression, de coercition. » Bref, c'est pour leur bien. « Enfin, le risque est réel de voir ces hommes entrer dans une sorte de société secrète, une mafia de velours, une espèce de franc-maçonnerie. »

Sans doute pour éviter semblable risque, le *Sun* lance cet appel : « Si vous êtes ministre ou député et si vous êtes gay, appelez-nous au 0171-782-41-05. »

Mais tous les ministres de Tony Blair ne sont pas homosexuels. Certains sont attirés par les femmes. Trop. Prenez Robin Cook, par exemple, le brillant patron de la diplomatie britannique. Infidèle, irascible, ivrogne et opportuniste. C'est en tout cas ainsi que le décrit son ex-femme – abandonnée après vingt-huit ans de vie commune pour une plus jeune, il est vrai – dans des Mémoires publiés sous la forme de feuilleton par le *Sunday Times*, qui titrait sans équivoque ni distance : « Robin pourri ! » *The Sun* ne pouvait pas ne pas surenchérir : « Coucheriez-vous avec cet homme ? » demanda-t-il en première page à ses lectrices « et lecteurs ».

Les médias britanniques n'oublient pas non plus les conservateurs revenus dans l'opposition. Comme s'ils n'avaient rien compris, rien retenu, les Tories avaient promis à l'arrivée de leur nouveau patron, William Hague, qu'ils deviendraient « les champions de la transparence ». Ils le furent. À leurs dépens, bien sûr. Dans les dernières semaines de l'année 1999, ils durent chasser, comme un domestique, de la direction de leur parti et du groupe à la Chambre des lords, leur vice-président, candidat à la mairie de Londres, Lord Archer. Son crime ? Avoir couché avec une prostituée... il y a douze ans. L'enchaînement est classique, presque rituel : le *Daily Star* révèle l'histoire ; pour protéger son « ami », son ménage et sa carrière politique, Ted Francis affirme qu'il dînait ce soir-là avec Lord Archer. Le répète sous serment devant un tribunal. Les juges condamnent le journal à payer 5 millions de francs à l'homme politique diffamé. Douze ans après, les langues se délient, Scotland Yard enquête, le *Daily Star* exige le remboursement des sommes alors payées, la carrière politique de Lord Archer est brisée. Et les commentateurs de prendre un air pénétré : « Ce qui est grave, dans cette affaire, c'est le mensonge, bien sûr. » Ben voyons !

Lorsque la Commission européenne démissionna, les tabloïds anglais se ruèrent sur l'aubaine. « La chute d'une favorite », titra *The Sun*, évoquant, à propos d'Édith Cresson, « les spéculations d'une liaison entre François Mitterrand et la rouquine au fort tempérament allant au-delà de la simple amitié ». Quant au *Telegraph*, il s'interrogeait sur le teint blafard du visage de Jacques Santer, le président de la Commission : « Chacun connaît son goût invétéré pour les pousse-café [en français dans le texte] qui lui a valu le surnom de "Monsieur le Digestif". » Le *Guardian* tira le bilan de cette affaire : « Jacques Santer, c'est Louis XVI, Édith Cresson, Marie-Antoinette, le Parlement européen les états généraux, et la presse représente la version moderne de la guillotine. » Bien vu, confrère !

Mais quittons les rives de la Manche, et revenons sur le Continent. On pourrait croire à une spécificité anglo-saxonne, où puritanisme protestant et libéralisme économique antiétatique se conjuguent. Or la Belgique ne relève guère de cette tradition-là. C'est pourtant dans le plat pays qu'un vice-Premier ministre dut démissionner, pour pédophilie. Elio Di

Rupo fut en effet emporté dans la grande vague de purification qui inonda la Belgique, à partir de l'été 1996, à la suite de l'affaire Dutroux. Quatre mois après les « révélations » du 15 novembre, on découvrit que le témoin était un mystificateur manipulé par un service de police. La justice blanchit l'ancien ministre. Mais le mal était fait. En Espagne, un ministre des Finances de Felipe González, qui, séducteur, mélangeait parfois ses liaisons aux affaires de l'État, dut démissionner. En Allemagne, les journalistes les plus influents n'hésitèrent pas à évoquer « la proximité » entre Helmut Kohl et sa secrétaire ; et lorsque son successeur, Gerhard Schroeder, divorça pour épouser trois semaines plus tard une de nos consœurs, plusieurs magazines relatèrent sans retenue ses aventures passées. En Argentine, les conquêtes du président Menem font régulièrement la « une » des journaux. En Israël, celles de Bibi Netanyahou n'étaient pas beaucoup plus discrètes. En Russie, on diffuse une cassette porno sur une télévision géorgienne, pour anéantir le principal protagoniste de la vidéo piratée, un procureur qui menaçait le clan Eltsine. On se souvient du destin funeste de l'ex-mari de la princesse Stéphanie de Monaco. On lui avait mis entre les pattes une ravissante strip-teaseuse. Celle-ci avait une amie délurée. À plusieurs, on peut faire des choses très amusantes dans une villa spacieuse et isolée. Surtout, lorsque l'on est filmé par des caméras à infrarouge. Les photos tirées du petit reportage seront publiées dans la presse italienne. Daniel Ducruet devra divorcer. Le bellâtre devenait dangereux : il avait la prétention de faire des affaires sur le Rocher. Il voyait grand. Personne n'a jeté une larme sur le sort du malheureux. On en a versé beaucoup sur celui de la princesse Diana. Et si le destin des princes de pacotille annonçait celui des (prétendus) puissants qui nous gouvernent ?

Seule la France, tel le petit village d'Astérix, résiste encore vaillamment. Non sans une certaine logique historique. Le pays d'où est partie la vague révolutionnaire moderne sera le dernier touché par le ressac de la contre-réforme post-moderne. Le pays qui a le plus cru en la force du politique ne peut se résoudre sans souffrance existentielle à son abdication. La « grande nation », comme disaient les Allemands avec une admiration agacée, ne peut accepter sans mot dire la fin programmée des nations, prédite pourtant par un des siens, Ernest

Renan. Mais la France fléchit doucement le genou. Elle aussi demande des comptes à des politiques dont elle ne perçoit plus très bien l'utilité. Des comptes financiers d'abord, parce qu'elle trouve qu'ils coûtent cher, pour ce qu'ils servent. Et demain, des comptes sentimentaux ? Enfin, la transparence à la française ?

Les politiques français ne sont pas eux-mêmes exempts d'inconséquence. Ils croient dissiper leur impopularité en se montrant dans la presse *people*, la main dans la main de leur épouse. Ils se veulent modernes, en amenant celle-ci à des meetings politiques. Ils sont un couple d'aujourd'hui, que diable : Isabelle Juppé écrit des livres qui mettent Alain en scène, et tient sa place au premier rang des salles RPR, aux côtés de son mari ; Cécilia Sarkozy ne lâche plus la main de Nicolas quand celui-ci répond aux questions des journalistes ; Ysabel Léotard interpelle son mari en pleine réunion UDF sur la parité ; et à gauche, Sylviane Agacinski ou Anne Sinclair sont devenues les modèles enviés des épouses de ministres. La « femme potiche », que l'on exhibait lors des réceptions officielles, est bien enterrée. Pourtant, insensiblement, on passe de l'autre côté du miroir : des campagnes électorales en duo, des ministres accouchant en direct, des enfants montant à la tribune. Le premier, Jean-Jacques Servan-Schreiber, toujours à la pointe avancée de la « modernité », avait utilisé sa progéniture, à l'instar de son modèle américain, J. F. Kennedy ; quelques mois plus tard, Valéry Giscard d'Estaing l'avait imité sur les affiches de sa campagne présidentielle de 1974 ; vingt-cinq ans après, le Premier ministre anglais, Tony Blair, pose pour les photographes, la main sur le ventre de sa femme enceinte. Partout, à travers le monde, le « couple » est devenu un personnage politique à part entière, alors qu'il n'est nullement soumis à l'onction du suffrage universel. Qui s'en soucie ? Le « couple » vit sa vie dans le monde virtuel médiatique ; il naît, grandit, et meurt ; son image immaculée se déchire lorsque les médias, qui l'avaient accouché sous la lumière crue des sunlights, l'assassinent en révélant la liaison torride du monsieur avec la jeune stagiaire.

Les Français n'avaient rien demandé, ce sont les politiques eux-mêmes qui ont précédé leurs désirs. Des désirs auxquels les médias se sont empressés d'accéder, habillant leur regard indiscret de considérations vertueuses : « Nos vertus ne sont le plus souvent que des vices déguisés », disait déjà La Rochefoucauld. Les politiques se retrouvent ainsi dans la posture historique des aristocrates libéraux de la fin du XVIIIe siècle, dont la révolte contre le pouvoir monarchique déclencha la tornade révolutionnaire ; et qui furent les premiers à déposer leur cou gracile et délicat sous le couperet affilé du bon Dr Guillotin.

On nous dit c'est nouveau, c'est moderne, c'est américain. On nous dit c'est transparent, démocratique, inévitable. On nous dit le public l'attend, le réclame, l'exige. On nous dit la France doit s'adapter, se réformer, se moderniser, en finir avec tous ses archaïsmes, ses exceptions dont elle se gargarise, et qui l'affaiblissent dans la mondialisation. On nous dit c'est un souffle nouveau venu d'ailleurs, qui va bousculer les hypocrisies recuites de la France moisie. On nous dit tant de balivernes avec un air d'assurance qu'on doute un instant, un instant seulement. C'est le but recherché. Et puis, de vagues images reviennent à notre mémoire engourdie. Quelques mots oubliés sortis de nos livres d'histoire, un collier de la reine, une dame Poisson, des liaisons dangereuses. Des rois, des maîtresses, des pamphlets. Encore une minute, monsieur le bourreau. La monarchie française a d'abord mis un genou en terre sous le coup des affaires de mœurs, avant de perdre la tête sous le grand rasoir national. Dans des libelles souvent talentueux, parfois injurieux, on s'en prit à la vie privée des monarques, avant de critiquer leurs choix publics. À la Cour, les batailles politiques ont d'abord été pleines de rumeurs et de ragots. Pour discréditer Philippe d'Orléans auprès de la dévote Mme de Maintenon et l'éloigner de son royal époux, Louis XIV – le privant ainsi de toute influence sur les affaires de l'État –, ses adversaires et rivaux lui content complaisamment les soirées fort libertines du futur Régent avec ses amis « roués ».

Au XVIIIe siècle, les luttes d'influence sortent des salons dorés de Versailles pour descendre dans la rue. C'est le prix à payer pour les progrès de l'imprimerie et l'affaiblissement du prestige de la monarchie. On y décrit avec moult détails les mœurs de Louis XV, ces femmes innombrables qui se pressent dans son lit, des grandes dames et des grisettes, des duchesses et des putains. On s'attache justement à montrer la décadence sociale du roi qui, après avoir séduit des aristocrates de la plus haute condition, choisit des bourgeoises de la « classe la plus infime », parties de rien comme Jeanne Poisson, future Pompadour, fille d'un négociant prospère, et descend même dans la « lie du peuple », prendre une véritable putain, pour en faire une du Barry. Qu'on ne s'y trompe pas, ces « révélations » ne traduisent pas seulement le goût du peuple français pour les paillardises. Il s'agit de véritables luttes politiques dont ces femmes sont à la fois l'enjeu et les actrices. Qui attaque la Pompadour vise « son » Premier ministre, Choiseul, que les partisans de la du Barry combattront sans relâche. Plus profondément, c'est l'image même du souverain qui est atteinte par les libellistes. Dans la mythologie de la monarchie française, le roi est l'oint du Seigneur, le représentant de Dieu sur terre, un nouveau Christ envoyé du Ciel pour le bien de ses sujets. Peu à peu, il sera présenté comme un monarque désacralisé, humanisé, banalisé, qui ne respecte ni la décence chrétienne ni la hiérarchie des classes sociales. Après que l'auteur des *Fastes de Louis XV* ne nous a rien laissé ignorer des origines sociales de la Pompadour, et surtout de la du Barry, il conclut, avec une ironie cinglante, qu'il est essentiel qu'un prince apprenne à connaître chacun de ses états. Voltaire n'utilisera pas une autre stratégie dans son combat contre l'absolutisme royal. Ainsi, dès qu'il s'empare de l'affaire Calas, la rapproche-t-il de l'affaire Damiens, l'homme qui a osé « toucher » le roi avec son couteau. Toutes deux, écrit Voltaire, « intéressent le genre humain ». Toutes deux sont qualifiées par lui de « parricides ». Comme si l'assassinat légal d'un père comme un autre, Jean Calas, méritait autant d'attention que l'attentat contre le père-roi, Louis XV.

Avec Louis XVI et Marie-Antoinette, l'œuvre de désacralisation se poursuit, inexorable, implacable. Le sexe est toujours au cœur de la bataille, l'arme décisive. Louis XV n'était plus un Dieu parce qu'il ne respectait rien ; Louis XVI est méprisé parce qu'il est moins qu'un homme. Paris n'ignore rien de l'impuissance du roi ; et fantasme aussitôt sur les frustrations de sa jeune épouse. On lui prête de folles soirées, des amants et même des amantes. Sous la Révolution, elle deviendra mère incestueuse. Elle a remplacé la du Barry dans l'imaginaire collectif : la catin devenue reine, la reine peut devenir catin. Les deux femmes auraient en commun cette « effervescence des passions » qui les conduit à la débauche, et le goût du pouvoir. Dans *Les Essais historiques de la vie de Marie-Antoinette,* l'un des pamphlets les plus populaires à la fin des années 1780, on peut lire : « L'une a presque honoré un état qui ne peut pas l'être, et l'autre en a prostitué un qu'on ne croyait pas même pouvoir être avili. » Alors, quand l'affaire du Collier de la reine éclate, personne ne s'étonne que ce naïf de Rohan ait cru en toute bonne foi voir Marie-Antoinette lui faire des avances, et non un vulgaire sosie.

Refermons un instant les livres d'histoire. La mise au jour des frasques sentimentales et érotiques des puissants n'est donc pas, comme on nous le bassine, le comble de la modernité, l'aboutissement de deux siècles de démocratie, mais le degré zéro de la politique. Sa préhistoire plutôt, quand l'on ne distinguait pas encore très bien entre morale et politique, en dépit des efforts injustement décriés aujourd'hui de Machiavel ; quand les seules luttes idéologiques étaient religieuses ; quand les affrontements entre catholiques et protestants, puis entre jésuites et jansénistes, inventaient sans le savoir, dans le cliquetis des armes et le bruissement des robes de bure, le clivage droite-gauche.

Mais, au galop, la République s'avance. Une et indivisible. Armée du code et du glaive. Qui veut, au contraire de l'Ancien Régime tant honni, faire régner la morale et la transparence. Déjà. La IIIe République, celle des Jules, des avocats et des instituteurs, a de hautes ambitions en la matière. On sait ce qu'il en advint. Entre scandale de Panamá et faillite de l'Union générale. Entre ordre moral et Moulin-Rouge. Entre la veuve Steinheil et l'épouse Caillaux. Entre la créature et l'épouse bafouée. Entre la comédie de boulevard (« Le président Félix Faure a voulu vivre en César, il est mort Pompée », conclura, sarcastique, Clemenceau) et la tragédie des passions.

Arrêtons-nous un instant sur le cas de Joseph Caillaux. Il en vaut la peine. Cet homme est plus jeune que Clemenceau, de la même génération que Poincaré. Il a toujours été trop en avance. Avant tout le monde, il a dit que l'impôt devait d'abord être assis sur le revenu ; que la France et l'Allemagne devaient surmonter leur antique querelle pour réorganiser l'Europe ; que l'Amérique dominerait l'Occident ; que la répartition des matières premières et des forces productives était désormais mondialisée. Regardons bien cette courte silhouette qui gesticule sans cesse. Son passé est notre avenir. Depuis des mois, la presse lui livre une bataille sans merci. *Le Figaro* est en pointe. Fait rare, son directeur, Gaston Calmette, signe lui-même les articles contre lui. « J'ai compté, dira plus tard, Henriette Caillaux, 135 articles en 95 jours. » Une longue, très longue campagne de presse. « Trop longue », jugera, expert laconique, Léon Daudet. Que lui reproche-t-on ? En vrac trafics d'influence, détournements de fonds publics, pressions sur la justice. « D'être l'instrument du grand capital international. » D'avoir imposé l'impôt sur le revenu. D'avoir sauvé la paix avec l'Allemagne, trois ans plus tôt. D'être l'adversaire politique de Poincaré. Et antipathique, arrogant, léger. Pour l'abattre, on fait feu de tout bois. On s'attaque donc à sa vie privée. D'abord pour éclairer la vie publique. Et puis…

Calmette a des « lettres », tout le monde le sait, tout le monde le dit. Les lettres que Caillaux envoyait à Henriette alors qu'elle n'était encore que sa maîtresse. Des lettres dont l'épouse bafouée s'était emparée et qu'elle avait brandies lorsque le mari volage avait voulu la quitter. Des lettres recopiées avant que d'être brûlées. Des lettres pleines de « ma Riri adorée », mais aussi de : « J'ai dû subir deux séances à la Chambre. J'ai d'ailleurs remporté un très beau succès. J'ai écrasé l'impôt sur le revenu en ayant l'air de le défendre. » Des lettres signées « Ton Jo ». Henriette est terrorisée à l'idée que ces lettres se répandent dans *Le Figaro*. Que sa liaison de jadis soit connue de tous, et de sa fille de dix-neuf ans, à qui elle l'a cachée. L'adultère à l'époque est à la fois banal et honteux. Objet de risée et de scandale. Henriette prend peur, achète un pistolet, le glisse dans son manchon, se rend au *Figaro*, demande un rendez-vous à M. le directeur, tire plusieurs coups de feu. Le blesse mortellement. Son procès relègue au second plan médiatique… l'attentat de Sarajevo contre le prince héritier de la couronne d'Autriche, qui déclenchera la Première Guerre mondiale.

Henriette Caillaux sera acquittée. Peu importe. Ses tourments de femme mariée hantée par un besoin tardif de respectabilité nous intéressent moins que le comportement de Gaston Calmette. L'homme n'est pas un monstre, loin de là. C'est un esprit brillant, fin lettré, à la gentillesse proverbiale. Un ami de Marcel Proust. Ce type de campagne au-dessous de la ceinture n'est ni dans sa manière ni dans les traditions de son journal. Ce même homme écrit pourtant, le 10 mars 1914, alors qu'il s'apprête à publier la correspondance privée entre Joseph et Henriette : « C'est l'instant décisif où il ne faut reculer devant aucun procédé, si pénible qu'il soit pour nos habitudes, si réprouvé qu'il soit par nos manières et par nos goûts. » On croirait lire – en mieux écrit – la prose hypocrite de nos « transparents » d'aujourd'hui. Calmette est une victime comme Henriette. La victime de règlements de comptes politiques – entre Caillaux, Poincaré, Briand, Barthou, la lutte est impitoyable, comme toujours entre requins d'une même génération –, peut-être même de jeux plus mystérieux et plus impitoyables encore – les services secrets allemands qui veulent la guerre avec la France cherchent à déstabiliser cet insupportable pacifiste. Cette hypothèse scabreuse n'a jamais été prouvée ; mais elle a une réalité objective : en mai 1914, c'est la gauche qui gagne les élections législatives. Caillaux est alors son leader naturel. Caillaux a déjà arrêté la guerre trois ans plus tôt. Mais Caillaux ne peut être nommé président du Conseil ; empêtré dans le scandale, il ne se préoccupe plus que du procès de sa femme, pendant que Poincaré se rend à Saint-Pétersbourg assurer les Russes du soutien de la France en cas de conflit avec l'Autriche-Hongrie...

Calmette est surtout la victime consentante d'un système qui considère que les « vices » privés d'un homme expliquent les vices publics d'une politique. Que l'idéologie n'est rien, la physiologie tout. L'Église catholique n'a alors pas renoncé à relâcher son emprise sur la société française. Dix ans après avoir subi le terrible joug du petit père Combes, elle continue à dépeindre les républicains sous les traits odieux de débauchés sans foi ni loi. Leurs adversaires ne leur cèdent en rien. Eux aussi se veulent moralisateurs. Ils ressuscitent la figure du moine paillard qui a tant servi. Leur catéchisme laïque se révèle aussi strict que leur modèle chrétien. Clemenceau est critiqué pour ses mœurs, ses amis artistes, son athéisme ; Poincaré est admiré pour sa rigueur morale. Président de la République, il ne lèvera pas le petit doigt pour sauver son vieil adversaire à terre. Comme si, au fond de lui, il pensait que ce châtiment était mérité. Les lecteurs du *Figaro* partagent largement ce sentiment. Un politique aussi pernicieux ne peut être qu'un grand méchant homme, divorcé, corrompu, contre lequel tous les coups sont permis. Et puis, c'est si amusant, ces histoires d'adultère, de passion honteuse, de mariage bourgeois qui s'abîme et se délite. Nous sommes au siècle du vaudeville. Les frontières entre moralisme et voyeurisme sont, on le sait bien, fort minces. On notera cependant que les électeurs ne suivent pas. Aux élections de mai 1914, Caillaux est réélu sans peine par les paysans de la Sarthe. Furieux, son rival malheureux placarde des affiches injurieuses. Caillaux le provoque en duel. Deux coups de feu sont échangés pour rien. À Paris, on se gausse : « Sa femme tire mieux que lui. » On ne rit pas longtemps. Aussitôt après avoir assassiné Jaurès, Raoul Villain s'écrie : « Et maintenant, si on allait tuer Caillaux ? » Il avait acheté deux revolvers et gravé sur leurs crosses respectives les initiales de chacune de ses victimes : J et C.

Quelques années plus tard, dans une inspiration comparable, Charles Maurras écrira, visant (dans tous les sens du terme) Léon Blum : « Cet homme est à fusiller de deux balles dans le dos. » L'antisémitisme politique de cette époque se nourrit à deux mamelles : la sexualité et l'argent. Le fric et les juifs, tout le monde connaît. Le cul, moins. Et pourtant. Dans la presse de droite, mais aussi de gauche, dans *Candide, L'Action française, Rivarol,* mais aussi dans *L'Humanité,* le sexe est partout dès qu'il s'agit de Léon Blum, Georges Mandel, Jules Moch, ou Pierre Mendès France. Il ne s'agit pas cette fois de révéler ni de raconter, mais de décrire, d'expliquer, d'abîmer. Le « juif d'État », comme il y avait jadis des « juifs de cour », est, aux yeux de ses ennemis les plus farouches, un curieux mélange d'homme-femme aux formes rondes et alanguies et de séducteur impénitent, d'éphèbe bisexué et de lovelace, de dandy efféminé et adoré des femmes, de vierge effarouchée (« Blum joue à la pucelle », dira Maurras) et d'Oriental retors, voleur de la pureté des jeunes filles de France.

Une fois encore, le sexe est convoqué pour exprimer le non-dit, donner des clefs, livrer des avertissements prophétiques. Le juif Blum, ou le juif Mandel, ou le juif Mendès roulent dans la fange la pauvre France, comme on renverse et déshonore une brave fille de ferme sur une botte de foin, cette France-femme si facile à séduire, France naïve et confiante. Avec les juifs, les marchands de boue jouent sur du velours. Pas besoin de faits ni de preuves. Pas besoin de lettres comme avec Caillaux, quelques années plus tôt. Pas besoin de crimes de voyous ni de photomontages comme avec Pompidou, quelques années plus tard. Avec le juif, on reste dans une tradition séculaire, l'ellipse suffit, le lecteur reconnaîtra les siens. On n'a pas eu besoin de montrer la fameuse vaisselle d'or dans laquelle le président du Conseil socialiste est censé dîner ; il n'est pas plus nécessaire de prouver que le même Blum, comme l'affirme son ancien condisciple de l'École normale supérieure, Gustave Téry, « n'avait guère laissé, rue d'Ulm, que le souvenir d'un éphèbe trop gracieux, à la chevelure ondulée et aux hanches onduleuses [...], qui avait l'habitude [...] de s'habiller en vierge folle et en robe décolletée, les bras nus, les lèvres peintes, soigneusement épilées, fardé et parfumé ; l'éphèbe israélite prenait plaisir à s'asseoir sur les genoux de ses camarades et à se faire embrasser pour l'amour du grec ». On le compare à Marcel Proust et la messe pédérastique est dite. À Disraeli, et les conquêtes féminines du dandy anglais sont portées sur le compte du gracile Léon. Facile, trop facile. Classique, trop classique.

Alors, vite – trop vite ? –, on nous assure qu'on ne recommencera plus. Qu'on a compris, tiré les leçons. Qu'on fait chaque jour qui passe le nécessaire « travail de mémoire », pour reprendre le jargon à la mode. Qu'il ne s'agit pas là de vie privée ni de quête de transparence, mais de pure et simple diffamation, invention, satanisation, presque une branche à part entière de la démonologie. Soit. Continuons donc à descendre le cours du temps. Georges Pompidou, lui, n'était pas juif, mais auvergnat. Il a été Premier ministre du général de Gaulle pendant six longues années. Il a affronté la tempête de Mai 68. Il a gagné haut la main les élections législatives. Il a quitté Matignon. « En réserve de la République. » C'est à cette époque, en octobre 1968, qu'un truand meurt. Un Yougoslave, Stephan Markovic. Son corps est retrouvé dans une décharge. C'est le deuxième garde du corps de l'acteur Alain Delon qui passe de vie à trépas en quelques mois. Un de trop. On accuse Delon d'être le commanditaire du crime. L'acteur passe de longues heures en garde à vue. Très vite, des rumeurs et des photos circulent. Alain et Nathalie Delon sont alors réputés pour les folles soirées qu'ils organisent à leur domicile. On murmure que la femme d'un ministre important de la République y a ses habitudes. Les policiers chargés de l'enquête s'intéressent davantage à cette histoire qu'à la recherche du criminel. Dans les dîners en ville comme dans les rédactions, on ne parle que de ça, on ne se montre que ça. Même dans les écoles, des photos éloquentes circulent. Mais dans les journaux, on reste encore elliptique : « Comment un banal fait divers, la mort d'un petit truand sans envergure, est-il devenu un scandale mettant en lumière un important réseau de call-girls, certaines soirées parisiennes, des séances de ballets que la morale réprouve dans des villas des Yvelines, et la vie agitée de plusieurs personnalités, dont, affirme-t-on, un haut magistrat ? » interroge, prudent, le journaliste du *Figaro*. Dans un autre article, on évoque de hauts fonctionnaires et même « un ancien membre du gouvernement ou ses proches ». Au bout de plusieurs mois d'un silence gêné, un des anciens collaborateurs de Pompidou ose lui dire que c'est de sa femme qu'il s'agit.

Depuis lors, on s'interroge. Les barbouzes du SDECE, le contre-espionnage français ; les réseaux gaullistes du SAC ; les services secrets américains, israéliens, russes ; des rivaux dans sa famille politique pour recueillir la succession du Général : on ne sait qui est à l'origine de ce coup tordu. Pompidou, lui, jusqu'à sa mort, gardera dans sa poche un petit carnet sur lequel sont inscrits les noms de ceux qui lui ont alors « manqué ». Il fera la carrière de ceux qui lui auront montré une fidélité et un dévouement inoxydables, comme Jacques Chirac. Il conservera au cœur une meurtrissure ineffable et des haines inexpiables. Pour René Capitant, par exemple, le ministre de la Justice, coupable à ses yeux d'avoir laissé la bride sur le cou à « ses » juges. Pour le Premier ministre de l'époque, Maurice Couve de Murville, dont Pompidou confiait à un ami : « Je le tuerai de mes propres mains. » Et d'autres encore. Même son affection admirative pour le général de Gaulle n'était pas sortie intacte de cette sinistre lessiveuse : « La presse est basse », avait seulement commenté le président. Cela paraît peu à un homme qui souffre. Plus rien ne sera comme avant entre les deux hommes. Certains historiens de cette période charnière expliquent ainsi le comportement politique de Pompidou, ses distances prises avec la politique étrangère du Général, son appel de Rome, son soutien mesuré lors du référendum d'avril 1969, ses postures parfois provocatrices de successeur au bord du régicide.

Mais au-delà du destin personnel du deuxième président de la Ve République, cette affaire Markovic-Pompidou est exemplaire parce qu'elle se situe au confluent de deux époques, l'une quittant lentement les rives de l'histoire qui se fait pour aborder celles du musée, l'autre, vagissante, encore dans les limbes, mais déjà clinquante, arrogante, la nôtre. La première, c'est la France traditionnelle, les paysans, la terre qui ne ment pas, le travail, la famille, la patrie, l'industrie des patrons à gros cigares et des citadelles ouvrières, l'épargne dans les bas de laine et sous les matelas, les lourds secrets chuchotés quand les enfants sont enfin couchés, les nappes à gros carreaux rouges et le Ricard sur le zinc, l'Église catholique, ses fêtes et ses saints et ses souriantes communiantes en robe virginale, ses curés en soutane et sa stricte morale. C'est cette France-là qu'on veut choquer en passant, sous un manteau largement ouvert, les photos des soirées chaudes dans les villas des Yvelines. Cette France devant laquelle il ne fait pas bon être divorcé ou homosexuel. C'est pourtant cette même France qui, se moquant des rumeurs et des ragots, élira Pompidou et lui conservera sa confiance jusqu'au bout.

Cette France se meurt. Quelques années auparavant, dans le film de Georges Lautner *Les Tontons flingueurs*, un des truands, germanique de surcroît, sommé de s'expliquer sur la baisse des recettes du clan sur les alcools anisés, prenait l'air défait d'Arnold Toynbee pour soliloquer sur le déclin de l'Occident : « La jeunesse française boit de l'eau pétillante. » Bientôt, elle absorbera d'autres excitants bien plus exotiques. Elle écoutera de la musique rock, portera des jeans, mangera des McDo. Elle sera mûre pour entrer dans le grand marché mondial, qui a besoin de consommateurs, pas d'épargnants, d'hédonistes, pas d'ascètes, de créatifs, pas de laborieux, de cosmopolites « cool », pas de patriotes « ringards ». Dans ce nouvel environnement économique, les valeurs « morales » sont inversées, et les modèles sociaux aussi. On ne se calque plus sur le notable gras et austère, en apparence en tout cas, mais sur l'artiste étique et exubérant. On admire et on veut imiter l'acteur, la chanteuse, le sportif, la vedette de télévision, pas le notable de province. Le mode de vie des premiers est valorisé par la société ; le second ridiculisé. C'est la grande revanche des saltimbanques de tout poil : ils étaient parias jusque dans les cimetières, repoussoir, honte des bonnes familles ; ils sont désormais modèles, exemples à suivre pour tous les enfants de France. Mai 68 a accouché de ce monde nouveau, mais la France éternelle, rassurée après un moment d'inquiétude, croit d'abord à une grossesse nerveuse. Elle ne sait pas pour qui sonne le glas.

Pompidou est à l'intersection de ces deux mondes qui se croisent et s'entrechoquent. Il est à la fois paysan de Montboudif et normalien, colbertiste et libéral, patriote sourcilleux, mais moins antiaméricain que le Général (sauf vers la fin). Il roule à toute vitesse dans sa Porsche vrombissante. Il connaît par cœur des centaines de poèmes classiques, mais promeut l'art moderne. Il a pour amis des professeurs respectables, mais aussi des chanteurs comme Guy Béart. Il n'a pas toujours passé ses vacances en famille à Cajarc ; il a fréquenté Saint-Tropez dans les années 1950, au début… Quand il l'a nommé Premier ministre, de Gaulle lui a lancé, rigolard : « Terminé Saint-Trop', Cajarc. » Pompidou a obtempéré. Il est de l'ancienne roche, tente de sauvegarder ce qui peut l'être, mais ne se fait aucune illusion sur cette « crise de la civilisation » qu'il a diagnostiquée en mai 1968. Avec Pompidou et Markovic, Alain et Nathalie Delon, c'est la dernière fois qu'on tente d'abattre un homme politique français avec les armes traditionnelles du scandale, de la morale bafouée, de la vertu outragée. C'est la dernière fois que la France traditionnelle fait peur, la dernière fois que cette France « de droite », paysanne et catholique, tient le haut du pavé.

À la mort de Georges Pompidou, en 1974, ses deux héritiers, Valéry Giscard d'Estaing et François Mitterrand, n'imaginaient pas entamer de procédure de divorce. Mais dix ans plus tard, Michel Rocard franchit le Rubicon. Derrière lui, suivront François Léotard, Alain Juppé, Philippe Séguin, Lionel Jospin, Nicolas Sarkozy, Michèle Alliot-Marie, etc. Dans l'indifférence générale. François Hollande et Ségolène Royal ne sont pas mariés et en sont plutôt fiers. Le maire de Pau, André Labarrère, est homosexuel et n'en a plus honte. Il le révèle en 1998. Bertrand Delanoë aussi ose le dire. Le moindre élu centriste se soulage. Les troupes d'Act-up menacent un député de droite de révéler son homosexualité. Son crime : non pas d'être un

« inverti », bien sûr, comme on disait avec mépris au début du siècle, mais d'avoir pris part à une manifestation contre le PACS, où furent scandés des « slogans homophobes ». Le protecteur secret des familles est devenu insupportable d'hypocrisie. On ne peut plus rester dans l'ambiguïté qu'à son détriment. La honte de soi est désormais interdite. La peur a changé de nature, le terrorisme, changé de camp.

Le « peuple de gauche » est en train de redessiner une morale pour le IIIe millénaire. Il la rêve tolérante, conciliante, compatissante. « Bien dans sa peau et ses baskets. » Ouverte sur le monde et protectrice des minorités. Morale social-démocrate à la sauce scandinave. L'homme politique est fermement convié à entrer dans ce nouveau modèle. Il peut être marié ou pas, divorcé ou pas, homo ou pas, tout le monde s'en moque, mais il doit le dire. Il doit être sincère, honnête. Dans ses revenus comme dans ses sentiments. Sa « vie privée ne nous regarde pas » à condition qu'il n'essaie pas de nous la dissimuler. On tolère tout à condition de tout savoir. Jadis, ce même peuple de gauche avait beaucoup compté sur ses politiques. Ils devaient rompre avec le capitalisme, inventer un socialisme à visage humain, changer la vie. On pardonnait leurs vices privés au nom de leurs vertus publiques. On n'allait pas jouer les « pères la morale » comme de vulgaires bourgeois hypocrites. L'expérience s'est révélée décevante. La rage au cœur, ce peuple de gauche a ravalé ses désillusions. A constaté que le « marché » avait vaincu ses naïves utopies. Que les forces révolutionnaires n'étaient pas là où il les croyait. Ensuite, ensuite seulement, sont venues les révélations sur l'entourage de Mitterrand, les affairistes, les grands cyniques, les « gens à la limite », comme disait Michel Rocard. La cerise sur un gâteau déjà amer. Le peuple de gauche s'est alors scindé en deux parties inégales. Une minorité, souvent plus populaire, plus fruste, moins instruite, vivant cruellement dans sa chair les ravages du nouveau cours du capitalisme mondialisé, a rejoint le Front national en rangs serrés pour communier avec lui dans la nostalgie de l'hyper-volontarisme étatique, quand la France avait des frontières dignes de ce nom et des politiques qui ne se laissaient pas emberlificoter dans les rets serrés des financiers et des juges. Le reste, la plus grosse part, les plus éduqués, les plus modernes, plus aisés, urbains, quadra ouverts et installés ont pris acte de la nouvelle donne. En ont apprécié les avantages matériels qu'ils en tiraient. Ont compris que les politiques n'avaient plus le rôle d'antan. Ont pris le deuil du volontarisme, et l'ont échangé contre la rigueur morale. Ils se sont dit, pour paraphraser Péguy, s'ils n'ont pas de mains, qu'ils aient au moins les mains pures.

Lionel Jospin a très bien compris cette évolution. Le premier, il s'est préoccupé de rassembler ces deux branches du défunt « peuple de gauche ». D'un côté, il a sonné le grand retour du volontarisme en politique ; de l'autre, il s'est arrogé un « droit d'inventaire » sur le règne mitterrandien. D'un côté, il est un grand serviteur de l'État, de l'autre un protestant rigoureux et intègre. *Je suis oiseau : voyez mes ailes ; je suis souris : vivent les rats !* Un de Gaulle de gauche. Un Mendès. Mais il suffit d'un rien, pour que soit bousculé le savant édifice. Quelques licenciements à Michelin, et le Premier ministre doit avouer qu'il ne peut rien contre les nouvelles mœurs du capitalisme mondial ; un coup de torchon médiatico-judiciaire autour de la MNEF, et Dominique Strauss-Kahn, un de ses plus fidèles lieutenants, adulé des sondages, des journalistes et des patrons, est contraint de descendre du train.

Jospin n'a pas hésité longtemps. Il a accepté la démission de son « copain Dominique », sans même attendre que celui-ci ne soit mis en examen. Le retour du politique, tant claironné par le Premier ministre, aurait pourtant exigé que DSK ne cédât point ; qu'on cessât de livrer aux juges et aux médias le pouvoir de renverser un ministre, voire un gouvernement, dont ne disposent pratiquement plus ses seuls dépositaires constitutionnels de l'Assemblée nationale. Mais Lionel Jospin a choisi, dans la tourmente, de préserver son image de lin blanc. Car le gros de l'électorat du Parti socialiste – ces classes moyennes et supérieures éduquées – ne supporterait pas une nouvelle désillusion. Cet électorat-là veut d'abord et avant tout de l'honnêteté, de la rigueur morale, de la transparence. Réclame des politiques qu'ils soient sincères avant d'être utiles. Regarde le mensonge et la dissimulation comme les derniers péchés, quand il a oublié tous les autres. A du goût pour les maisons ouvertes aux larges baies vitrées qui laissent entrer le soleil, et n'a qu'un mépris amusé pour les lourds et épais rideaux dissimulateurs des maisons bourgeoises de nos ancêtres. Condamne les doubles vies des hommes chez Maupassant – épouse et enfants à la maison et virée au bordel entre copains ; et loue l'honnêteté des femmes qui divorcent et épousent le nouveau chéri. C'est ce groupe sociologique dominateur qui annonce et réclame l'avènement des valeurs féminines au XXIe siècle. Les hommes s'alignent, à leur manière de rustauds : ils quittent sans pitié leur femme de cinquante ans pour une jeune de vingt-cinq. En toute transparence. Il y a un siècle, ils auraient entretenu la demoiselle et conservé à l'épouse son rang et sa dignité. En toute hypocrisie.

Le catholicisme latin cède lentement la place à un protestantisme importé. Le culte se simplifie, les églises se vident, la quête spirituelle devient individuelle, l'autorité de la hiérarchie est mal supportée, la Vierge Marie est dédaignée, le dogme négligé. De même, dans la vie publique, l'État recule, le marché avance, le juge impose son autorité à l'élu du peuple, tout devient marchandise, le livre même, aiguillonné par l'esprit de compétition, et ses listes de best-sellers ; et l'amour aussi. Ces changements de comportements sociologiques entraînent de nouvelles approches, de nouvelles attentes du politique. Désormais, celui-ci doit davantage représenter que conduire, incarner une communauté plutôt que rassembler un peuple. Il doit être favorable au PACS, qui voit les homosexuels sortir volontairement d'un anonymat à la fois humiliant et protecteur, et encourager la parité des femmes dans la vie publique, au risque de bousculer les principes universalistes de la République. Et demain, accepter les quotas par communautés, couleurs de peau, pratiques sexuelles ? Or, pour reconnaître, il faut connaître. Pour étiqueter, révéler. Pour protéger, exhumer. La machine infernale, d'essence totalitaire, s'est ébranlée, elle ne s'arrêtera plus. Les arguments qu'on peut lui opposer sont balayés comme pauvre fétu de paille. On met à nu la cupidité des hommes de marketing, des patrons de journaux obsédés par leur tirage, des éditeurs soumis à des stratégies de groupes dont la rentabilité est observée en Bourse ; on éclaire le désarroi des politiques, pris aux pattes de ce moralisme new-look, jouets dociles entre les mains du vrai pouvoir, financier ; on promet l'ennui d'une vie publique sans intérêt, sans différence de fond, un combat entre communicants vides, la fin de la démocratie. En vain. Ils vous répondent, les bienheureux : « Mais à l'étranger, en Allemagne, en Angleterre, aux États-Unis, ce sont bien des démocraties, non ? » On leur murmure « qui fait l'ange fait la bête », sans ébranler leur bonne conscience. Ils n'ont pas lu Pascal.

[illegible] dent les Américains. « Mais à [illegible] en Allemagne, en Angleterre, [illegible] Pays-Bas, ce sont bien des [illegible] [illegible] » [illegible] qui [illegible] sans changer [illegible] ils ont [illegible]
Pascal.

[illegible]

[illegible] comme essence de la [illegible] tout le reste est [illegible] d'autre part, de [illegible] On [illegible] mais on [illegible]

On s'en moque. S'ils veulent nos voix, c'est le prix à payer. Il est bien qu'on n'ignore rien de leurs turpitudes. Tous pourris et compagnie. Et il n'y a pas de fumée sans feu. On l'a bien vu lors de l'affaire Elf, politique, fric et cul sont intimement liés. Pour démêler l'écheveau, tout connaître, il faut tout révéler à la lumière crue du scandale. La démocratie y retrouvera les siens…

La messe est dite. La messe de la transparence comme conquête ultime de la démocratie, comme essence de la modernité. Tout le reste est dérisoire, inutile, combats d'arrière-garde, de ringards, étouffeurs, réactionnaires, perdants de l'histoire. On déshabille les corps pour vendre, mais on habille les âmes de grands principes. Nos modernes Savonarole sont formidables : ils veulent le bénéfice et la bonne conscience, les gros tirages et les grandes tirades, les acclamations du populo et la bénédiction des nouveaux prêtres. Et les obtiennent. La transparence, mot fétiche, mot magique, mot ouvre-tout, mot règle-tout ; la transparence pour les politiques, leurs coucheries et leurs combines ; la transparence pour les journalistes, leurs sources d'information et leurs accointances malsaines ; la transparence pour les grands patrons, leurs rémunérations et leurs stock-options excessives ; la transparence pour la secrétaire qui a eu une promotion canapé ; la transparence pour mon collègue de bureau qui travaille moins que moi ; la transparence pour mon commerçant qui fraude le fisc, pour mon mari qui couche avec ma meilleure amie...

Derrière, l'intendance suit comme elle peut. Les journalistes sont abreuvés de lettres anonymes, de révélations, dénonciations, descriptions, qu'ils se refusent, dans l'immense majorité des cas, à rendre publiques. Untel couche avec Unetelle, ce n'est pas intéressant mais utile ; ce ne sont pas des corbeaux, mais des informateurs ; pas des délateurs mais des démocrates. Ce n'est plus signé un ami qui vous veut du bien, mais un citoyen qui améliore le fonctionnement des institutions. Les juges chéris des médias ne travaillent plus sans leur courrier quotidien de dénonciations, aussi précis que des bilans de fin d'année. Plus utile que le Code pénal. Plus efficace pour renverser un ministre que les élections.

La transparence est la version contemporaine du mythe de Sisyphe, combat sans cesse recommencé, toujours perfectible, jamais suffisant. Les corbeaux dévorent les entrailles du supplicié. Tout le monde est concerné, tout le monde est intéressé, tout le monde est sensibilisé : c'est la religion des temps nouveaux. Transparence, opium du peuple. La transparence qui pallie la fin des idéologies, comble le besoin obsessionnel d'égalité, apaise la peur panique de la liberté. La technologie, bonne fille, se met à son service. Ce ne sont que caméras de surveillance dans les parkings, les entrées d'immeuble, les carrefours des rues. Ça rassure, sécurise, protège. Big Brother, mon ami. Et puis un jour, on apprend qu'un délégué syndical du Loiret se plaint d'être espionné jour et nuit par des caméras de surveillance : son patron voulait le faire chanter ; se servir de sa vie privée pour atténuer la virulence de ses positions publiques.

L'ordinateur est un outil formidable.

Il laisse toutes les traces possibles. Au bureau, il est devenu le mouchard préféré du patron. Fouillé, étudié, décortiqué. « On a commencé par vérifier les allées et venues avec les badges. Puis, on a vérifié que la personne était bien sur sa machine. Maintenant, on peut vérifier la productivité rapprochée, et même lire les e-mails envoyés par les salariés », s'inquiète Hubert Bouchet, vice-président de la CNIL (Commission nationale informatique et liberté). Des logiciels au nom évocateur, Little Brother ou WinWhatWhere, sont exclusivement dédiés au contrôle des employés. Comme le révèle le journal *Libération*, 45 % des entreprises américaines reconnaissent surveiller l'usage de l'Internet et du téléphone par leurs salariés. Dans le même journal, une jeune femme du nom de Céline, qui vient de quitter une société de télémarketing, raconte : « L'ordinateur de notre chef était installé au milieu de la pièce, où s'affichait en temps réel la durée de nos communications téléphoniques. Si on traînait trop, notre nom apparaissait en rouge. Trop d'alertes et une de nos primes sautait. »

Les puces sont de puissantes auxiliaires des patrons, mais aussi du fisc, qui traque et supprime sans pitié les derniers réduits du secret, celui des professions dites (abusivement ?) libérales. Ou de la Sécurité sociale, qui rassemble en une carte Vitale toutes nos maladies, les graves et les petits bobos, tout notre passé de bien portant transitoire, de malade en puissance. Toute une vie, notre manière à nous d'aller à la mort, résumée dans une toute petite carte. On nous promet que seul notre médecin pourra la lire. Pourquoi est-on si méfiant ? À la suite de récentes enquêtes de police en Corse et dans le Gers, tous les utilisateurs de téléphones portables ont eu la surprise d'apprendre qu'on pouvait aisément les écouter, les suivre, les enregistrer.

Nous vivons, paraît-il, dans un grand village mondial ; nous devons donc adopter les habitudes de tout village qui se respecte. Internet, c'est la place du village, où tous les cancans peuvent s'épandre à loisir. On croit que notre voix s'y perdra dans le lointain de l'immensité ; elle nous revient comme un boomerang, amplifiée et déformée, meurtrière. Notre voisin, cet inconnu. Un jeune étudiant de HEC, David H., croyait ainsi pouvoir faire le malin à l'abri de l'anonymat interplanétaire ; mais la planète entière l'a repéré, réprouvé, éliminé. Il se plaint à ses congénères d'un conseil en stratégie très huppé qui l'a snobé et n'a pas retenu sa candidature. Vexé, il veut « remettre les choses à leur place ». Humilié, il devient puérilement suffisant, avec une pointe d'arrogance. Une jeune femme, sortie de la même école, Fatima D., ne le lui envoie pas dire. L'autre, piqué, renvoie sa camarade dans les cordes : « Ne t'inquiète pas, ton image n'est pas ternie auprès de ces boîtes qui sont toujours à la recherche de gens comme toi, prêts à tout pour réussir. Et rassure-toi, car dans quelques années, quand tu auras la bouche pleine de sperme et l'anus en fleur, toi aussi tu pourras répondre au téléphone et dire : eh bien ! tant pis, nous sommes désolés, et là ton heure de gloire aura sonné. » Entre vulgarité de cour de récréation et fantasme d'adolescent prépubère, où l'on découvre que les HEC manient fort bien « l'humour » de carabin. Mais sur Internet, tout se sait, se lit, se répond. Un village, vous dit-on. Quelques jours après, un des recruteurs d'abord incriminés par H. prend la défense de la pauvre jeune femme assaillie, donne une leçon de morale au grossier garnement ; et n'hésite pas à le menacer : « Nous sommes aujourd'hui le 20 mai 1999, soit huit jours après l'envoi de ta missive pédante [...]. Tes messages ont fait le tour de la terre, de chaque école de commerce, des labtops de la plupart des cabinets de recrutement, et bien sûr des cabinets de conseil... Je te souhaite bon courage même si je ne le pense pas, car à partir de maintenant, tu vas en avoir besoin. » L'auteur comprend enfin les conséquences de ces propos délirants, envoie un gros mensonge en guise d'excuse. (« C'est pas moi, on s'est servi de ma machine pendant mon absence ! ») Personne ne le croit, tout le monde l'insulte, le boycotte. Un internaute lui adresse même une leçon de morale, tirée de la sagesse des Anciens : « Mieux vaut fermer sa gueule et passer pour un con, que l'ouvrir et montrer au monde entier qu'on en est un. »

Moins drôle, ce message : « David H. s'est donné la mort le dimanche 13 juin vers 10 heures. Cette affaire a été définitivement trop loin et la responsabilité est collective. Tous ceux qui ont participé de près ou de loin à ce lynchage via Internet ont aujourd'hui un mort sur la conscience. »

Le 22 juin, la direction de HEC envoie ce communiqué : « David H. est bien vivant, il nous a téléphoné pour le confirmer. » Des exemples de ce type foisonnent aujourd'hui sur Internet. Vies privées, violées, piétinées.

On dira : grandeur et servitude de la technique. Inévitables désagréments de la proximité forcée, de la planète rapetissée. Si Marx avait connu Internet, il aurait peut-être dit : la transparence, ultime avatar idéologique du progrès technologique. Pardonnez, Herr Doktor Karl. Comme souvent, cette découverte technologique n'est que le prolongement, le faire-valoir, l'amplificateur d'une révolution intellectuelle et morale qui l'a précédée, celle d'une génération tout entière.

Essayons seulement de nous souvenir comment a débuté notre Mai 68. Par une joyeuse histoire de fesses. Les étudiants de Nanterre réclament la liberté de se rendre dans les locaux des filles. Refus choqué de l'administration. Fureur des étudiants. Chahut. Violences. Sanctions. Lorsque, le 8 janvier 1968, le ministre de la Jeunesse et des Sports, François Missoffe, vient inaugurer la piscine ultramoderne que s'est offerte l'université, un étudiant rouquin, que tous appellent Dany, l'interpelle, lui demande du feu pour sa cigarette, et lui reproche vertement de ne pas s'occuper de la vie sexuelle des jeunes, sous les vivats de ces derniers. Le ministre bat piteusement en retraite. Il n'a su que répondre à cette interpellation surprenante qu'un paternel et dérisoire : « Plongez dans la piscine, ça vous calmera les esprits. » Il n'a rien compris, comme le général de Gaulle lui-même, qui recommandait qu'on leur donnât des calmants. C'est qu'ils ne se rendent pas compte que Cohn-Bendit et ses camarades sont en train de remettre en cause une séparation séculaire aussi essentielle que celle entre l'Église et l'État, la distinction de l'ordre public et l'ordre privé. Pour le ministre du général de Gaulle, c'est un élément évident de l'équilibre à la française, une garantie de la liberté individuelle, arrachée au pouvoir de l'Église et des prêtres ; mais le jeune révolté appelle cette réserve carence, ce respect insuffisance, mépris, cette liberté oppression.

La machine broyeuse d'un totalitarisme rampant est lancée ; elle ne s'arrêtera plus. Au cours des années 1970, elle prend son rythme de croisière. La libération sexuelle est le fer de lance de la révolution prolétarienne. Ce n'est plus la transformation radicale de la chose publique qui est censée apporter le bonheur privé, comme en 1789, mais le bonheur privé qui contribuera à la félicité publique. Toutes les libertés sexuelles sont vantées, glorifiées. Toutes les pratiques sexuelles et amoureuses sont décrites par le menu. Toutes les « minorités sexuelles », des femmes aux homosexuels, réprimées par l'ordre bourgeois sont invitées à se rebeller. Dans les actes et dans les mots. Et les mots sont plus importants que les actes. Dans l'histoire, on a connu de nombreuses époques plus libertines ; jamais de plus bavardes. On croit que chacun doit s'exprimer pour être libéré, doit s'exposer pour être reconnu. Le secret de nos grands-pères est tenu pour hypocrisie, la discrétion de nos grands-mères pour aliénation. Les couples s'initient à l'échange des partenaires et de leurs impressions. Les plus forts résistent et se renforcent de ces expériences ; les plus faibles, les plus fragiles souffrent dans leur chair, leur sensibilité et leur amour-propre, se séparent. Les divorces se multiplient. On les facilite.

Tout révéler à l'autre est signe de maturité, d'honnêteté, de loyauté. Lui dissimuler les « coups de canif » chers à nos grands-pères est l'objet d'un mépris railleur. Depuis trente ans, cette sécularisation ménagère de la confession est portée aux nues. Les plus grands historiens du Moyen Âge nous ont pourtant appris que l'invention de la confession des péchés par l'Église avait précédé d'à peine un demi-siècle la mise en place de l'Inquisition. La logique est implacable : si les chrétiens peuvent avouer leurs péchés à un prêtre, et ne doivent plus les garder pour eux, leur conscience et Dieu, il est possible, légitime, et même souhaitable, de les révéler par la force si nécessaire. De les extorquer par la torture s'ils résistent. Pour leur bien. Pour sauver leur âme en danger mortel de dissimulation. Torquemada expliquera cela aux juifs espagnols convertis – les célèbres marranes – qu'il prendra dans ses filets impitoyables. Il était sans doute sincère.

Nous y sommes. Quand les groupes militants d'homosexuels contraignent un chanteur, une actrice, un sportif, un politique, à se « révéler » – le fameux *outing* –, c'est pour son bien, et celui de la collectivité homosexuelle.

Quand la nouvelle patronne d'Act-up rompt avec son petit ami, elle l'annonce à tous ses camarades. Puis ne vient plus aux réunions militantes pendant quinze jours. On n'en est pas moins femme, tout de même. Une femme hétérosexuelle et séronégative, nul n'est parfait.

Mais une femme, c'est une minorité qui a souffert, comme les homosexuels, de la répression menée par le mâle blanc occidental, disent les féministes les plus virulentes. Il faut donc combattre sa domination, son influence. Il faut bannir sa pensée, et contenir son contact. On sait que dans certaines universités, on est allé jusqu'à supprimer l'enseignement de Platon (homosexuel pourtant!) ou de Voltaire. Les relations entre hommes et femmes sont sévèrement réglementées; les audaces des jeunes garçons réprimées sans pitié. Un jour, un ministre français se rend en visite dans une grande université américaine. La doyenne le reçoit courtoisement. Il la suit dans son bureau, ferme la porte derrière lui. La vieille dame, affolée, crie au ministre éberlué: «Monsieur, la porte de mon bureau n'est jamais fermée quand je reste seule avec un homme.» C'est dans ce contexte proprement idéologique qu'il faut appréhender les lois sur le harcèlement sexuel. Il ne s'agit pas seulement de réprimer les petits chefs, les seigneurs de bureau, mais de limiter toute relation entre les sexes. Toute séduction est violence, tout désir est guerre, tout secret est aliénation. Il faut l'exhiber, pour mieux le réprimer. Dans les entreprises américaines, tous les Français vous conteront leur effarement devant des relations entre hommes et femmes réfrigérées, la moindre plaisanterie égrillarde bannie, le moindre compliment retenu, la moindre fleur interdite. Le patron qui n'ose plus demander à sa secrétaire de rester travailler tard le soir de peur d'être accusé de… Et nous avons tous en mémoire le drame ubuesque de ce petit garçon de onze ans conduit derrière les barreaux, sur dénonciation d'une voisine qui l'avait surpris « jouant au docteur » avec sa sœur. Heureusement, les parents sont suisses ; ils ont pu arracher leur enfant des mains de la justice américaine.

La machine totalitaire s'emballe plus vite qu'on ne le croit. Les grandes banques d'affaires américaines n'interviennent plus dans les mirobolantes fusions-acquisitions qui ravissent tant les boursiers, sans une solide étude préalable des « vices » des patrons des entreprises concernées. Non par moralisme étroit et désuet, mais par simple souci d'efficacité : les « vices » pourraient être révélés un jour ou l'autre, dans la presse ou sur l'Internet ; et cette annonce publique ferait baisser le cours des actions de leur société. *Horresco referens*. Il n'est pas rare qu'un patron en conflit avec un associé, ou un partenaire exigeant, tente de le déstabiliser par un « harcèlement sexuel » bienvenu, un *outing* de hasard, une prostituée de passage. Ce qu'on appelait jadis « une affaire de mœurs ». Cette nouvelle activité a fait des heureux : l'agence Kroll, spécialiste des filatures en tout genre. Son activité périclitait, l'adultère n'est plus ce qu'il était, les divorces pour faute dédaignés, même aux États-Unis. Pour répondre à cette demande érotico-financière, elle a engagé de nouveaux agents, souvent d'anciens de la CIA, qui se morfondaient depuis la chute du mur de Berlin et la fin de la guerre froide. Enfin une reconversion réussie... Pour leurs collègues français de la DGSE, les affaires reprennent aussi. *Le Canard enchaîné* révélait en décembre dernier que le grand laboratoire pharmaceutique Servier utilise leurs compétences pour découvrir les replis cachés de ses futurs salariés. Race, religion, opinion politique, vie privée, tout y passe. Une jeune femme se voit reprocher d'avoir épousé un Noir et les idéaux tiers-mondistes ; une candidate de Tours est évincée parce que son père fut ouvrier chez Renault...

Droite, gauche, les frontières se brouillent. À ce nouveau moralisme (comment l'appeler autrement ?), les anciens puritains de droite font fête.

Leur alliance objective est puissante et dévastatrice. Et pas seulement pour les politiques, asservis aux médias et aux financiers. On l'a dit, ceux-là doivent s'adapter à cette donne radicalement nouvelle. Mais ils ne conçoivent pas leur rôle comme celui qui résiste à l'air du temps ; au contraire, ils lui courent après. Alors, les uns prônent la parité homme-femme, pour permettre aux femmes d'être élues uniquement en raison de leur sexe ; les autres veulent voir des quotas partout, selon le sexe, la couleur, la race, l'origine ethnique, religieuse et nationale ; des magistrats, des politiques, des journalistes exigent que l'affiliation à la franc-maçonnerie soit désormais rendue publique, pour parer à tout soupçon de favoritisme ou de lobbying. Et quand l'équipe de France de football devient championne du monde, les élus et les médias décortiquent l'origine ethnique et nationale de chacun des joueurs, Zidane le Kabile, Lizarazu le Basque, Karembeu le Canaque, Thuram l'Antillais. On glorifie la France « black-blanc-beur ». On croit faire pièce à l'extrémisme, et on invente une France mosaïque, américanisée, où chaque habitant n'est plus un citoyen, anonyme et indistinct, uniquement défini par son appartenance « politique » à la communauté nationale, mais d'abord un membre de « sa » communauté d'origine.

Avec les meilleures intentions du monde, nous contribuons ainsi à l'élaboration d'une société terrifiante, où chacun sera étiqueté, catalogué, repéré, selon son sexe et ses pratiques sexuelles, sa couleur, ses origines ; une société sans mystère, sans secret, sans part d'ombre, où chacun sera tel un roi nu, individu déifié mais fragilisé, exigeant et puéril, libre et soumis à la fois. Nous ne voulons pas entendre ce cri d'alarme poussé par un psychanalyste, Serge Tisseron, qui, dans un livre paru aux Éditions Arthaud, *Nos secrets de famille,* écrit : « Le droit au secret de chacun, adulte ou enfant, est essentiel. Il permet de protéger son identité profonde des intrusions de l'environnement. Il est la première condition à la possibilité de penser par soi-même et pour soi-même. Les régimes totalitaires ont d'ailleurs tous pour point commun de chercher à étendre leur contrôle sur la vie privée des individus et à abolir cette barrière du secret. »

Dans la Chine maoïste, il y avait en effet « une journée des délateurs ». On y glorifiait les dénonciateurs, petits et grands. Ils montaient à la tribune pour raconter leurs hauts faits d'armes. Ils étaient célébrés, récompensés. Les petits étaient encouragés à dénoncer leurs parents, la femme le mari. En URSS aussi, et puis dans l'Iran khomeyniste, qui détestait tant les communistes, on employait des méthodes similaires. Au nom du bien, de l'humanité, du progrès, de la morale, du petit livre rouge ou du Coran. Peu importe. Car ce n'est pas l'idéologie qui compte, mais l'obsession de réduire la part du secret de chacun. La volonté de connaître pour tenir, de révéler pour détruire. Nos sociétés arrogantes croient échapper à ce destin sinistre. Elles se leurrent. Peu à peu, elles renvoient dans les poubelles de l'histoire, avec un mépris railleur, ce que nos ancêtres avaient lentement édifié pour se protéger de la dureté des temps et de la folie des hommes. Au nom d'une modernité conquérante, nos sociétés balaient d'un revers de main tout secret autour de nos origines, de nos désirs, de nos envies, de nos pulsions, des maladies de nos corps et de nos âmes. Elles appellent hypocrisie ce qui n'était que protection, maladroite et fragile sans doute, de nos libertés les plus intimes. Elles ne veulent voir dans chaque homme qu'un seul être, unique, sans contradictions.

Transparent. Dans les deux sens du terme. Elles se moquent de la vertu de nos ancêtres, de leurs simagrées et de leurs discours convenus. Elles inventent, en toute bonne conscience, un temps plus cruel encore, où tout sera étalé, vautré, galvaudé, où rien, même le plus précieux, ne sera dissimulé, où l'on sera obligé de dire, avouer, disserter, décortiquer, commenter, analyser, à la télévision, à la radio, sur Internet, ce qu'on avait l'intention de garder pour soi, plaisir, désir, brûlure du corps, du cœur et de l'âme. Pour l'instant, nous n'en sommes qu'aux prémices. Nous testons sur nos cobayes : chanteurs, comédiens, sportifs, princesses. Journalistes. Politiques.

Et demain, vous, toi, moi. Nous tous.

Des mêmes auteurs :

PATRICK POIVRE D'ARVOR

Romans

Les Enfants de l'aube, Lattès, 1982.
Deux amants, Lattès, 1984.
La Traversée du miroir, Balland, 1986.
Les Loups et la bergerie, Albin Michel, 1994.
Un héros de passage, Albin Michel, 1996.
Une trahison amoureuse, Albin Michel, 1997.
La Fin du monde, en collaboration
avec Olivier Poivre d'Arvor, Albin Michel, 1998.
Petit homme, Albin Michel, 1999.

Récits

Le Roman de Virginie, en collaboration
avec Olivier Poivre d'Arvor, Balland, 1985.
Les Femmes de ma vie, Grasset, 1988.
Lettres à l'absente, Albin Michel, 1993.
Elle n'était pas d'ici, Albin Michel, 1995.

Essais

Mai 68, Mai 78, Seghers, 1978.
Les Derniers Trains de rêve, Le Chêne, 1986.
Rencontres, Lattès, 1987.
L'Homme d'image, Flammarion, 1992.
Anthologie des plus beaux poèmes d'amour,
Albin Michel, 1995.
Lettre ouverte aux violeurs de vie privée,
Albin Michel, 1997.

ÉRIC ZEMMOUR

Roman

Le Dandy rouge, Plon, 1999.

Essais

Balladur immobile à grands pas, Grasset, 1995.
Le Coup d'État des juges, Grasset, 1997.
Le Livre noir de la droite, Grasset, 1998.

Composition réalisée par INTERLIGNE

IMPRIMÉ EN ALLEMAGNE PAR ELSNERDRUCK À BERLIN
dépôt édit : 4696-09/2000
LIBRAIRIE GÉNÉRALE FRANÇAISE - 43, quai de Grenelle - 75015 Paris.
ISBN : 2-253-14916-0

31/4916/8